2004년도
제18회 소월시문학상 작품집

문학사상사

제18회 소월시문학상 대상 선정 이유서

 따스하고 편안한 시적인 분위기와 사물의 본질을 통찰하는
예리한 시각으로 진실을 추구하는 시 세계

문학사상사 제정 소월시문학상의 제18회 대상 수상작으로, 정일근 시인의 〈둥근, 어머니의 두레밥상〉과 그 밖의 13편을 선정한다.

정일근 시인의 수상 작품은, 따스하고 편안한 시적인 분위기를 견지하면서, 사물의 본질을 통찰하는 예리한 시각과, 진실을 추구하는 치열한 문제의식 그리고 진지하면서 탄탄한 주제의식이 견고히 내재되어 있다. 또한 활발하고 왕성한 창작혼이 돋보이는 시인으로, 작품 속에 서정시다운 진정한 울림과 리듬이 있어, 독자들을 사유의 여로(旅路)에 빠져들게 한다. 특히 생명존중 사상과 평등정신 그리고 사랑의 철학을 감동적이면서도 아름답게 시적으로 승화시켰다는 점이 높이 평가된다.

한편 소월시문학상 기수상시인과 중진 및 원로시인에게 수여하는 특별상 수상작으로는 임영조의 〈오이도〉와 그 밖의 4편을 선정하고 다음 시인을 추천 우수작상 수상자로 선정한다. 김선우, 문인수, 배용제, 오태환, 이정록, 장석남, 정끝별, 최영철.

2003년 4월

소월시문학상 심사위원회

김남조 · 김성곤 · 김재홍 · 문정희 · 오세영 · 오탁번 · 조정권

차례

대상 수상작

정일근

대상 시인의 자선 대표작

정끝별

최영철

정일근

둥근, 어머니의 두레밥상 외

1958년 경남 진해 출생.
경남대 국어교육과를 졸업.
1985년 《한국일보》 신춘문예로 등단.
시집 《바다가 보이는 교실》《유배지에서 보내는 정약용의 편지》
《그리운 곳으로 돌아보라》《처용의 도시》《경주 남산》
《누구도 마침표를 찍지 못한다》 등.
시와시학 젊은시인상 수상.

둥근, 어머니의 두레밥상*

모난 밥상을 볼 때마다 어머니의 두레밥상이 그립다.
고향 하늘에 떠오르는 한가위 보름달처럼
달이 뜨면 피어나는 달맞이꽃처럼
어머니의 두레밥상은 어머니가 피우시는 사랑의 꽃밭.
내 꽃밭에 앉는 사람 누군들 귀하지 않겠느냐,
식구들 모이는 날이면 어머니가 펼치시던 두레밥상.
둥글게 둥글게 제비새끼처럼 앉아
어린 시절로 돌아간 듯 밥숟가락 높이 들고
골고루 나눠주시는 고기반찬 착하게 받아먹고 싶다.
세상의 밥상은 이전투구의 아수라장
한 끼 밥을 차지하기 위해
혹은 그 밥그릇을 지키기 위해, 우리는
이미 날카로운 발톱을 가진 짐승으로 변해 버렸다.
밥상에서 밀리면 벼랑으로 밀리는 정글의 법칙 속에서
나는 오랫동안 하이에나처럼 떠돌았다.
짐승처럼 썩은 고기를 먹기도 하고, 내가 살기 위해
남의 밥상을 엎어버렸을 때도 있었다.
이제는 돌아가 어머니의 둥근 두레밥상에 앉고 싶다.
어머니에게 두레는 모두를 귀히 여기는 사랑
귀히 여기는 것이 진정한 나눔이라 가르치는
어머니의 두레밥상에 지지배배 즐거운 제비새끼로 앉아

어머니의 사랑 두레먹고 싶다.

* 두레밥상 : 여러 사람이 둘러앉아 음식을 차려먹을 수 있도록 크고 둥글게
만든 상.

저 모성(母性)!

눈 내리는 성탄(聖誕) 아침
우리 집 개가 혼자서 제 새끼들을 낳고 있다
어미가 있어 가르친 것도 아니고
사람의 손이 돕지도 않는데
새끼를 낳고 태를 끊고 젖을 물린다
찬바람 드는 곳을 제 몸으로 막고
오직 몸의 온기로 만드는 따뜻한 요람에서
제 피를 녹여 새끼를 만들고
제 살을 녹여 젖을 물리는 모성(母性) 앞에
나는 한참이나 눈물겨워진다
모성은 신성(神性) 이전에 만들어졌을 것이니
하찮은 것들이라 할지라도, 저 모성 앞에
오늘은 성탄절, 동방박사(東方博士)가 찾아와 축복해 주실
것이다
몸 구석구석 핥아주고
배내똥도 핥아주고
핥고 핥아서 제 생명의 등불 밝히는
저 모성 앞에서

날아오르는 산

영축산*은 영락없는 독수리 형상이다.
날개 크게 펼쳐 하늘 허공을 돌며
먹이를 낚아채기 직전, 저 거침없는 몰입의 긴장을
나는 느낀다, 무진장무진장 눈이라도 퍼붓는 날이면
흰 날개 파르르 떨리는 것이 보이고
산의 들숨날숨 따라가다 나도 함께 숨을 멈추고 만다.
명창의 한 호흡과 고수의 북 치는 소리 사이
그 사이의 짧은 침묵 같은, 잠시라도 방심한다면
세상 꽉 붙들고 있는 모든 쇠줄들
한순간에 끊어져 세차게 퉁겨 나가버릴 것 같은,
팽팽한 율에 그만 숨이 자지러지는 것이다.
겨울산을 면벽 삼아 수좌들 동안거에 들고
생각 놓으면 섬광처럼 날아와 눈알 뽑아버릴
독수리 한 마리 제 앞에 날려놓고
그도 물잔 속의 물처럼 수평으로 앉았을 것이다.
조금이라도 흔들리면 잔 속의 물 다 쏟고 마는
그 자리에 내 시를 들이밀고, 이놈 독수리야!
용맹스럽게 두 눈 부릅뜨고 싶을 때가 있다.
나도 그들처럼 죽기를 살기처럼 생각한다면
마주하는 산이 언젠가는 문짝처럼 가까워지고
영축산은 또 문짝의 문풍지처럼 얇아지려니

그날이 오면 타는 손가락으로 산을 뻥 찔러보고 싶다.
날아라 독수리야 날아라 독수리야
산에 구멍 하나 내고 입바람을 훅 불어넣고 싶다.
산 뒤에 앉아 계신 이 누구인지 몰라도
냉큼 고수의 북채 뺏어들고
딱! 소리가 나게 산의 정수리 때려
맹금이 날개로 제 몸을 때려서 하늘로 날아가는 소리
마침내 우주로 날아오르는 산을 보고 싶은 것이다.

* 영축산(靈鷲山) : 불지종가 양산 통도사를 품고 있는 산.

흑백다방

오래된 시집을 읽다, 누군가 그어준 붉은 밑줄을 만나
그대도 함께 가슴 뜨거워진다면
흑백다방, 스무 살 내 상처의 비망록에 밑줄 그어진
그곳도 그러하리

베토벤 교향곡 5번 C단조를 들을 때마다
4악장이 끝나기도 전에
쿵쿵쿵 쿵, 운명이 문을 두드리며 찾아와
수갑을 차고 유폐될 것 같았던
불온한 스무 살을 나는 살고 있었으니

그리하여 알렉산드리아 항구로 가는 밀항선을 타거나
희망봉을 돌아가는 배의 삼등 갑판원을 꿈꾸었던 날들이 내
게 있었으니

진해의 모든 길들이 모여들고
모여들어서 사방팔방으로 흩어지는 중원로터리에서
갈 길을 잃은 뒤축 구겨진 신발을 등대처럼 받아주던,
오늘의 발목을 잡는 어제와
내일을 알 수 없는 오늘이 뇌출혈을 터트려
내가 숨쉬기 위해 숨어들던 그곳,

나는 그곳에서 비로소 시인을 꿈꾸었으니
내 습작의 교과서였던 흑백다방이여

memento mori*,
세상의 화려한 빛들도 영원하지 않고
살아 있는 것은 모두 사라지느니
영혼의 그릇에 너는 무슨 색깔과 향기를 담으려 하느냐,
나를 위무하며 가르쳤으니

그 진리 그 색깔 그 향기로
사진첩의 속의 흑백사진처럼 오래도록 남아 있는
since 1955 흑백다방,
진해시 대천동 2번지

---

*memento mori(메멘토 모리) : '죽음을 기억하라'는 뜻의 라틴어.

다시, 학동

이 바다에서 처음 시(詩)를 썼다, 푸른 스무 살
나는 조국(祖國)으로 가는 전사(戰士)가 되고 싶었지만
길은 끊어지고, 꺾어져 피 흘리는 상처를 감추며
세상의 끝을 찾아 숨어 들어간 학동
학동 바다는 사람 사는 마당이었다
부르지 않아도 먼저 달려와 안기던 바다
사람과 한 몸이 되어 살아가는 바다였으니
새벽이면 만선의 깃발로 돌아오던 갈치배들
갈매기떼도 환호하며 날아들어
내게 학동은 바다에 피어난 꽃밭이었다
햇살은 바다 위에도 땅 위에도
동백나뭇잎 하나하나에도 평등(平等)하게 빛나고
바다가 수평(水平)이듯 함께 어깨를 대고 누운 집들은
모두 가난하기에 모두 행복했다
나는 쉽게 잠들지 못했으니, 돌아가지 않으려고
해안선을 잡고 있는 자갈밭이 파도에 쓸리는 소리에
내 열 손톱 밑으로 피멍이 들어
나는 작별의 편지 대신 길고 긴 서정시를 썼다
새로 난 아스팔트 포장길을 따라
다시 찾은 학동, 옛길은 지도에서 사라지고 없다
옛집들도, 그 안에 살던 사람들도 떠나고 없다

사라지고 떠나버린 자리에 마당 없는 민박촌이 들어서고
어업한계선 밖에까지 달아나버린 학동 바다는
이제는 내가 먼저 불러도, 무슨 상처가 깊은지
돌아보지도 않고 웅크리고 있다

슬거운 직업병

신문기자 시절 나의 직업병은
기사 속에 시를 담으려는 것
6하 원칙의 하드보일러 영토에
나는 시의 씨앗을 뿌렸다
나의 밭은 번번이 칼질을 당하고
더러는 푸른 잎사귀 한 장 달지 못한 채
구겨져 쓰레기통으로 날아갔다
그런 날이면 그놈들 다시 주워와
빳빳하게 다려서 시의 이름을 달아주었다
신문기자라는 일을 놓아버리고
시 쓰는 일이 내 천직이 되고부터
나의 새로운 직업병은
눈만 뜨면 세상만사를 은유하는 것
틈만 나면 말씀과 말씀 사이의
침묵의 비밀을 캐내려는 것
그래서 꽃이 피는 이유가 궁금하고
바람이 불어오는 곳이 알고 싶어진다
혼자 있는 시간이 길어지고
그 긴 시간을 조용히 노래를 부르거나
풀꽃과 나무와 개와 이야기를 나누는 것
나의 직업병은 내 귀에

그들의 대답이 들리는 것이다, 아주아주
멀리 있는 사람의 목소리도 들리는 것이다
별과 오래 중얼거리는 것을 본 새벽
아내는 걱정 깊어 내 이마를 짚어주지만
나는 오래오래 이 직업병을
지병처럼 끙끙 앓을 것이다
이 병의 치료법은 하나, 시를 놓는 일
그분이 다시 나를 불러 떠날 때까지
나는 시를 첫사랑처럼 껴안고 살 것이니
시를 생각하다 잠이 들고
시의 꿈을 꾸다 새벽이 오는
이 직업병, 지독한 병처럼 앓을 것이니
마침내 이 병의 마지막이 오면
신문에 실릴 내 부고기사 속의 사인은
오직 시이기를
시를 사랑한 즐거운 지병이기를

서녁

아침에 반가사유하던 저 목련, 저녁에 꽃문을 연다
봄날 햇살은 고양이 목덜미 털처럼 따듯했고
바람은 고양이 목을 쓰다듬는 착한 손길처럼 부드러웠다
나는 한낮에 나무 그늘에 앉아 생각에 잠겼다가는
저녁에는 꽃 그늘에서 빛나는 시집을 읽는다
스스로 꽃문을 열어 빛나는 나무의 연꽃들
그 빛에 젖어 함께 부활하는 행간의 아름다운 침묵을
무당벌레 한 마리가 제 꽃등에 지고 돌아온다
세상의 어느 손과 어떤 주술이 꽃문을 열 수 있으랴
꽃의 닫힌 문을 연 봄날 하루는 위대하였으니
하루가 경건한 느낌표로 남아 묵상하는 이 저녁
땅에는 목련꽃이 하늘에는 별이 불을 밝힐 것이다
머지않아 밤 휘파람새가 우듬지로 날아와 노래할 것이다

쌀

서울은 나에게 쌀을 발음해 보세요, 하고 까르르 웃는다
또 살을 발음해 보세요, 하고 까르르 까르르 웃는다
나에게는 쌀이 살이고 살이 쌀인데 서울은 웃는다
쌀이 열리는 쌀 나무가 있는 줄만 알고 자란 그 서울이
농사짓는 일을 하늘의 일로 알고 살아온 우리의 농사가
쌀 한 톨 제 살점같이 귀중히 여겨온 줄 알지 못하고
제 몸의 살이 그 쌀로 만들어지는 줄도 모르고
그래서 쌀과 살이 동음동의어라는 비밀을 까마득히 모른 채
서울은 웃는다

겨울산

첫눈 맞고 있는 겨울산을 보면
흰털 세운 한 마리 산짐승 같으니
부드럽게 웅크린 등줄기나
가슴께로 바짝 당겨놓은 살진 허벅지
이놈아, 하고 툭툭 치면
웅크렸던 몸 긴 기지개 한 번 펴고는
산길 따라 세차게 달려갈 것 같으니
이 땅 어느 산을 올라도
모든 길은 백두에 닿는다는
백두대간의 큰 꿈을 아는가
첫눈 내리는 날 한반도 모든 산줄기들
흰털 하얗게 곤추세워
하얀 능선 위를 달려가고 있으니
그놈의 등에 덥석 올라타는 꿈이여
겨울산과 한 몸의 날렵한 산짐승 되어
지리산에서 백두산까지 튼튼한 등뼈를 밟고
한걸음에 달려가는 즐거운 꿈이여

죽비(竹篦)

스승께 죽비를 선물받고 몸이 뜨거워진다
전생에도 이번 생에도 욕심이 많아
평생 세 벌의 옷과 밥 그릇 하나로 만족한
삭발의 길을 걷지 못했으나
한 철이라도 묵언(默言)의 겨울 선방에 들어
흩어지는 마음 팽팽하게 붙잡고 앉고 싶었다
화두(話頭) 하나 이고 굽은 허리 곧게 세우고
졸면 천리만리 낭떠러지로 떨어지는
시퍼렇게 날선 작둣날 위에 앉아
내리치는 죽비에 마음의 피를 흘리고 싶었다
시의 길을 걸어온 지 스무 해
한 소식 얻지 못하고 세간 저자를 떠돌다
만 권 책을 등짐 지고 산속에 들어갔다는 소식 듣고는
스승은 죽비를 준비하셨을 것이다
죽비는 마음을 치는 뜨거운 경책(警策)
이놈 시야, 내 이제 너를 잡을 것이니
게을러질 때마다 스스로 어깻죽지를 내리치며
목어(木魚)인 양 두 눈 부릅뜨고 너에게로 가려니
솥발산이 보이는 창가에 죽비를 걸어놓고
서쪽을 향해 무릎을 꿇는다

사월, 진해만

바다는 푸른 접시에 담겨
신의 아침 식탁 위에 놓여 있다
신은 아페리티프를 주문해 놓고
노래하듯 시를 읽거나
슈트라우스의 왈츠를 듣는다
세일러복을 입은 갈매기들이
거수경례를 하며 지나간다
향커피 한 잔이 뜨거워지는 사이
바다의 표정은 세룰리언블루에서
색스블루로 변해 가고
사월 바람에 꽃잎 몇 장 날아와
접시 속의 가벼운 섬으로 앉는다
후, 하고 꽃잎들을 불어본다
자욱한 꽃향기 바다를 덮는다

옹관(甕棺) 속의 동해

그 마을 사람들은 옹관 속에 바다를 넣어주었다
가난하여 아무런 부장품을 준비할 수 없었기에
바다 한 줌을 죽은 사람의 머리맡에 풀어놓았다
동쪽 바다에서 해와 달이 뜨는 것을 보았기에
영혼은 해와 달을 따라 동쪽 마을을 다시 찾아온다고 믿었
다
참으로 오랜 시간이 흘러갔다, 영혼도 어디론가 돌아가고
옹관 속에 남아 있던 살과 뼈도 풍화되어 날아가고
텅 빈 옹관에 바다만 남았다, 바다는 아직도 제 몸을 잊지
못해
만조의 시간이 되면 찰랑찰랑 차 오르고
간조의 시간이 되면 출렁출렁 비워진다
차 오르고 비워질 때마다 옹관은 숨을 쉬며 살아난다
살아나는 것은 옹관만이 아니다
옹관 속의 바다에 연오랑 세오녀가 살아 있고
아내 잃은 처용랑이 어슬렁거리며 처용가를 부른다
슬그머니 그 바다에 귀를 대면 만파식적의 젓대소리 들리는
동해, 옹관 속의 동해

가을 선어

　시인이여, 저무는 가을 바다로 가서 전어나 듬뿍 썰어달라
하자
　잔뼈를 넣어 듬성듬성한 크기로 썰어달라 하자
　바다는 떼지어 헤엄치는 전어들로 하여 푸른 은빛으로 빛
나고
　그 바다를 그냥 떠와서 풀어놓으면 푸드득거리는 은빛 전
어들
　뼛속까지 스며드는 가을을 어찌하지 못해 속살 불그스레
익어
　제 몸속 가득 서 말의 깨를 담고 찾아올 것이니
　조선 콩 된장에 푹 찍어 가을 바다를 즐기자
　제철을 아는 것들만이 아름다운 맛이 되고 약이 되느니
　가을 햇살에 뭍에서는 대추가 달게 익어 약이 되고
　바다에서는 전어가 고소하게 익어 맛이 된다
　사람의 몸속에서도 가을은 슬그머니 빠져나가는 법이니
　그.빈자리에 가을 전어의 탄력 있는 속살을 채우자
　맑은 소주 몇 잔으로 우리의 저녁은 도도해질 수 있으니
　밤이 깊어지면 연탄 피워 석쇠 발갛게 달구어 전어를 굽자
　생소금 뿌리며 구수한 가을 바다를 통째로 굽자
　한반도 남쪽 바다에 앉아 우리나라 가을 전어 굽는 내음을
　아시아로 유라시아 대륙으로 즐겁게 피워 올리자

쑥부쟁이 사랑

사랑하면 보인다, 다 보인다
가을 들어 쑥부쟁이 꽃과 처음 인사했을 때
드문드문 보이던 보랏빛 꽃들이
가을 내내 반가운 눈길 맞추다 보니
은현리 들길 산길에도 쑥부쟁이가 지천이다
이름 몰랐을 때 보이지도 않던 쑥부쟁이 꽃이
발길 옮길 때마다 눈 속으로 찾아와 인사를 한다
이름 알면 보이고 이름 부르다 보면 사랑하느니
사랑하는 눈길 감추지 않고 바라보면, 모든 꽃송이
꽃잎 낱낱이 셀 수 있을 것처럼 뜨겁게 선명해진다
어디에 꼭꼭 숨어 피어 있어도 너를 찾아가지 못하랴
사랑하면 보인다, 숨어 있어도 보인다

정일근
가덕 대구 외

가덕 대구*

입이 큰 그 생선을 슬픔처럼 널던 날이 있었다.
어머니는 가덕 어디 깊은 바다에서 잡은 것이라 했다.

그런 날은 어머니는 밤새 아버지를 생각하시고,

조선무 풍덩풍덩 빚어넣어 끓인 생선국물로 속을 푸시던
술 좋아하시던 아버지를 생각하시고,

새벽 일찍부터 연탄아궁이 위에는 물이 끓어
어린 내 잠 속까지 바다 깊은 곳과
어머니 눈물의 밑바닥이 끓는 냄새가 났다.

나도 언제 한번 술이나 마셔볼까,
그런 못된 다짐을 하는 사이
한 번씩 폭설이 내려 생선들의 아픈 옆구리가 젖었고
다시 마르는 사이 봄이 오고 있었다.

달력에는 아버지의 기일이 가까워지고 있었다.

---

* 진해 용원 앞바다 가덕도 인근에서 잡히는 생선. 요즘도 최상품으로 대접받
고 있다.

적(寂)

작은 등불 밝히고, 일주문 밖 공중전화 부스 안에서
전화를 거는 젊은 여승(女僧)의 뒷모습을 보았습니다
저녁부터 시작한 산사(山寺)의 눈 공양은 새벽이 와도 그치
지 않고
고요한 절 마당 위로 더욱 적요(寂寥)한 눈만 덮여 법(法)도
말씀도
동백나무들의 뿌리마저 추운 잠에서 깨어나지 못할 때
몰래 마음 문 열고 나와, 끊어진 세상의 길에 줄 이으며
파르스름하게 떨리는 목덜미를 보고 말았습니다
그 모습 누가 볼까, 눈발은 소리 없이 굵어졌지만
문 안에서 따라나온 긴 발자국들도 이내 숨어버렸지만

길
– 경주 남산

마음이 길을 만드네
그리움의 마음 없다면
누가 길을 만들고
그 길 지도 위에 새겨놓으리
보름달 뜨는 저녁
마음의 눈도 함께 떠
경주 남산 냉골 암봉 바윗길 따라
돌 속에 숨은 내 사랑 찾아가노라면
산이 사람들에게 풀어놓은 실타래 같은 길은
달빛 아니라도 환한 길
눈을 감고서도 찾아갈 수 있는 길
사랑아, 너는 어디에 숨어 나를 부르는지
마음이 앞서서 길을 만드네
그 길 따라 내가 가네.

종

종이 울리는 것은
제 몸을 때려가면서까지 울리는 것은
가 닿고 싶은 곳이 있기 때문이다
둥근 소리의 몸을 굴려
조금이라도 더 멀리 가려는 것은
이목구비를 모두 잃고도
나팔꽃 같은 귀를 열어 맞아주는
그분이 기다리고 있기 때문이다
앞선 소리의 생이 다하려 하면
뒤를 따라온 소리가 밀어주며
조용히 가 닿는 그곳
커다란 소리의 몸이 구르고 굴러
맑은 이슬 한 방울로 맺히는 그곳.

감은사지 · 1

탑은 달을 꿈꾸었는지 몰라
버려진 세월의 뱃속 가득 푸른 이끼만 차고
변방(邊方)의 돌들의 이마는 시나브로 금이 갔다
그 금 사이 무심한 바다가 들여다보곤 돌아갔다
천년 전 바람은 피리구멍 속에 잠들었고
신화는 유사(遺史) 행간 사이 숨어버렸다
문득문득 사라진 절의 풍경(風磬) 소리 들리고
항아리마다 칠월 보름달이 떠오를 때
저기 사랑하는 신라여인이 긴 회랑(回廊)을 돌아간다
탑 속 빈 금동사리함에 누운 잠아
천년의 사랑아 내가 너를 안을 수 있다면
……돌 속에 묻힌 혀는 무겁기만 한데
항아리 속에서 떠오른 누우런 달이
둥근 맨발로 걸어 탑 속으로 숨어든다
어허 탑마다 즐거운 만삭(滿朔)이다
내가 탑이다

강촌에 살사

내 나머지 삶에 강이 흘러갔으면
새벽이면 흐르는 강물에 세수하고
그 강물 길어 그대 위해 아침을 준비하리
삶이 강이라면
나는 그 곁 키 큰 미루나무 되리
미루나무 아니면 이파리 흔들고 가는 바람
바람 아니면 떠 있는 뭉게구름 되리
강물 같은 사람아
우리 이대로 멈추어 서서 여기 살자
강촌에 살자

별에게 길을 물어

별에 가서 만나보고 싶은 사람이 있습니다.
별에 가서 따뜻한 손 잡아보고 싶은 사람이 있습니다.
삶의 염전에 눈물마저 증발하는 더운 여름날은 가고
소금만 남아 빛나는 가을이 흰 손수건으로 펼쳐져
아직 푸른 하늘 아래 저 산 너머 눈뜨지 않은
착하고 어린 별들의 이름을 하나하나 호명해 봅니다
마침내 그리운 무덤에도 밤이 와
잡으면 손가락 사이로 모두 튀어나와 흩어지는 별
오늘 밤에도 그 사람에게 보내지 못할 편지를 쓰며
우리는 또 얼마나 아득해하며 피를 흘려야 합니까
피 흘리는 손톱 밑에 붉은 첫별이 뜰 때부터
추운 겨울나무 빈손 위로 마지막 별이 질 때까지
그 사람에게로 가는 길 별에게 물어봅니다.
그 무덤으로 가는 길 별에게 물어봅니다.

소금을 끓이다

마음이 말을 버려 혀에 먼지 쌓이고
시간은 혓바닥 밑 곰팡이 푸른 발을 키워
사유의 길들이 갈라져 고통스러울 때
놋대야에 소금을 끓이며 사막을 건너간다
절여 염장된 생선살 같은 말씀이 천천히 끓고
바다 끝에서부터 소금바람 부는 소금길 따라온
소금산이 입 안 가득 솟아오른다
오래전부터 입 안에서 착한 말들은 씹히고
피 흘리는 혀들이 다스린 덧난 세상
아픈 아이들 혀 위 소금 얹듯
아픈 말의 상처에 굵은 소금 뿌리면 소금아
네 속에도 등 두꺼워 아픔 모르는 혀 있느냐
소금 뿌려 구울 먼지 쌓인 상처 있느냐
소금은 끓으면서 자신의 전 생애 끓이고
끓이고 끓어 사랑의 비등점 만날 때
놋대야 위로 쟁쟁쟁 피는 사막의 흰 꽃들 본다
저 흰 꽃 사이 새로 돋는 새 혀와
뜨거운 소금의 목소리로 나는 노래하려니
끓어라 소금아 끓어라 아픈 혀들아

여름편지

여름은 부산우체국 신호등 앞에 서 있다
바다로 가는 푸른 신호를 기다리며
중앙동 플라타너스 잎새 위에 여름편지를 쓴다
지난 여름은 찬란하였다
추억은 소금에 절여 싱싱하게 되살아나고
먼 바다 더 먼 섬들이 푸른 잎맥을 타고 떠오른다
그리운 바다는 오늘도 만조이리라
그리운 사람들은 만조바다에 섬을 띄우고
밤이 오면 별빛 더욱 푸르리라
여름은 부산우체국 신호등을 건너 바다로 가고 있다
나는 바다로 돌아가 사유하리라
주머니 속에 넣어둔 섬들을 풀어주며
그리운 그대에게 파도 소리를 담아 편지를 쓰리라
이름 부르면 더욱 빛나는 칠월의 바다가
그대 손금 위에 떠오를 때까지

거리(距離)
─ 운문사(雲門寺) 가는 길에

　길이 끝나는 곳에서 길은 산을 떠나보냅니다 산이 끝나는 곳에서 산은 길을 떠나보냅니다 참으로 넉넉하고 고요한 이별의 사이에 서서 이 세상 가장 깨끗한 슬픔을 바라봅니다 빈 수첩 속에 숨어 여기까지 나를 따라온 한 줄 시(詩)마저 버리고 나는 서정시인임을 스스로 거부합니다 이제 모든 수식과 형용사를 버리고 싶습니다 법(法)과 말씀 또한 부정하고 싶습니다 산이 끝나는 곳에서 산은 다시 길을 만납니다 길이 끝나는 곳에서 길은 다시 산을 만납니다 떠남과 만남의 사이, 슬픔과 아름다움의 사이, 그대 사랑과 내 그리움의 사이, 그냥 묵묵히 손 흔들며 서 있는 운문사(雲門寺) 가는 길의 저 봄나무들처럼 사유(思惟)의 단정한 거리를 두고 나도 말없이 서 있고 싶습니다 삶과 죽음 사이를 지나가는 바람에 눈뜨는 푸른 잎을 흔들며 한 천년 그대로 서 있고 싶습니다

바다가 보이는 교실 10
─유리창 청소

참 맑아라
겨우 제 이름밖에 쓸 줄 모르는
열이, 열이가 착하게 닦아놓은
유리창 한 장
먼 해안선과 다정한 형제섬
그냥 그대로 눈이 시린
가을 바다 한 장
열이의 착한 마음으로 그려놓은
아아, 참으로 맑은 세상 저기 있으니

유배지에서 보내는 정약용의 편지

제 1 신

아직은 미명이다. 강진의 하늘 강진의 벌판 새벽이 당도하길
기다리며 죽로차를 달이는 치운 계절, 학연아 남해바다를 건너
우두봉(牛頭峰)을 넘어오다 우우 소울음으로 몰아치는 하늬바
람에 문풍지를 숨겨둔 내 귀 하나 부질없이 부질없이 서울의
기별이 그립고, 흑산도로 끌려가신 약전 형님의 안부가 그립
다. 저희들끼리 풀리며 쓸리어가는 얼음장 밑 찬 물소리에도
열 손톱들이 젖어 흐느끼고 깊은 어둠의 끝을 헤치다 손톱마저
다 닳아 스러지는 적소(謫所)의 밤이여, 강진의 밤은 너무 깊고
어둡구나. 목포, 해남, 광주 더 멀리 나간 마음들이 지친 봉두
난발을 끌고 와 이 악문 찬 물소리와 함께 흘러가고 아득하여
라, 정말 아득하여라. 처음도 끝도 찾을 수 없는 미명의 저편은
나의 눈물인가 무덤인가 등잔불 밝혀도 등뼈 자옥이 깎고 가는
바람 소리 머리 풀어 온 강진 벌판이 우는 것 같구나.

제 2 신

이 깊고 긴 겨울밤들을 예감했을까 봄날 텃밭에다 무우를
심었다. 여름 한철 노오란 무우꽃이 피어 가끔 벌, 나비들이
찾아와 동무해 주더니 이제 그중 큰 놈 몇 개를 뽑아 너와지붕
추녀 끝으로 고드름이 열리는 새벽까지 밤을 재워 무우채를

썰면, 절망을 썰면, 보은산 컹컹 울부짖는 승냥이 울음소리가
두렵지 않고 유배보다 더 독한 어둠이 두렵지 않구나. 어쩌다
폭설이 지는 밤이면 등잔불을 어루어 시경강의보(詩經講義補)
를 엮는다. 학연아 나이가 들수록 그리움이며 한이라는 것도
속절이 없어 첫해에는 산이라도 날려보낼 것 같은 그리움이,
강물이라도 싹둑싹둑 베어버릴 것 같은 한이 폭설에 갇혀 서
울로 가는 길이란 길은 모두 하얗게 지워지는 밤, 사의재(四宜
齋)에 앉아 시 몇 줄을 읽으면 세상의 법도 왕가의 법도 흘러
가는 법, 힘줄 고운 한들이 삭아서 흘러가고 그리움도 남해바
다로 흘러가 섬을 만드누나.

모든 것을 잃어버렸을 때 나에게 남은 '시'

5년 전 5월에 쓰러져 뇌종양 진단을 받고 두 차례의 뇌수술을 받았습니다. 모든 것을 잃어버리고 빈손이 되었을 때 제 주머니 속에 남은 것이 시였습니다. 그리고 다시 저를 받아준 것이 자연이었습니다. 시가 고맙고 자연이 고맙기에 저는 자연의 시인으로 남고 싶은 것입니다.

신이 주신 나머지 생을 '시인' 으로 살겠다

시의 길이 부지런히 걸어왔다고, 또한 빨리 걸어간다고 쉽게 끝날 길인가. 더욱 열심히 걸어서 시력 30년, 40년, 50년에 고요히 닿고 싶다. 그것이 욕심일지라도 나는 그 길을 절대 포기하지 않을 것이다. 신이 주신 나머지 생을 오로지 시인으로 살다 끝내는 시인으로 죽을 것이다.

모든 것을 잃어버렸을 때 나에게 남은 '시'
—시와 더불어 자연과 하나가 되고 싶다

5년 전 5월에 쓰러져 뇌종양 진단을 받고 두 차례의 뇌수술을 받았습니다. 모든 것을 잃어버리고 빈손이 되었을 때 제 주머니 속에 남은 것이 시였습니다. 그리고 다시 저를 받아준 것이 자연이었습니다. 시가 고맙고 자연이 고맙기에 저는 자연의 시인으로 남고 싶은 것입니다.

정일근

1년 반 전부터 울산 도심을 떠나 무제치늪이 있는 솥발산 아래 살고 있습니다. '은현리'라는 이름이 예쁜 마을입니다. 제 집 마당에는 벚나무 두 그루와 목련나무 두 그루가 우리 식구와 함께 살고 있습니다.

마당의 벚꽃도 목련도 화사하게 만개한 4월 한낮에 기다렸던 수상 소식을 받았습니다. 제가 '기다렸던'이란 표현을 쓴 것은 제가 서정시인이기 때문입니다. 서정시를 쓰는 시인에게 시인 소월의 이름이 든 이 상이 영광이기 때문입니다.

열망했으나 소월시문학상은 저에게 오랫동안 인연이 되지 못했습니다. 그러다 지난해 처음으로 추천 우수작으로 선정되고 연이어 올해 대상의 영광을 받습니다.

고백하자면 지난 한 해 동안 시를 발표할 때마다 올해의 심

시를 염두에 두었습니다. 보이지 않는 '소월의 눈'이 세 시글
보고 있을 것이라는 생각에 신춘문예에 응모하던 습작 시절의
초발심으로 돌아가 나태해지려는 제 시와 싸웠습니다.

그런 지난 한 해 동안 은현리 자연이 제 시의 스승이었습니
다. 저는 자연이 불러주는 시들을 받아쓰며 사람과 자연이 경
계를 허물고 하나가 되는 무위자연을 꿈꾸었습니다.

저는 자연에서 시는 부처의 깨달음과 노자와 장자의 도와
같다고 생각합니다. 단지 깨달음이나 도는 말해질 수 있는 것
이 아니고 시는 노래라는 차이가 있을 뿐, 자연 속에서는 그
모두가 하나입니다. 저는 시로 자연에서 자연과 하나가 되고
싶습니다.

저는 1980년대 산(産) 시인입니다. 그 시절 선배 시인들이 그
랬듯이 저는 시로 질곡의 시대에 복무했습니다. 시인이 역사와
시대로부터 자유로워지고부터는 《삼국유사》의 현장인 감은사
터와 경주 남산을 자유롭게 떠돌았습니다.

그러다 5년 전 5월에 쓰러져 뇌종양 진단을 받고 두 차례의
뇌수술을 받았습니다. 모든 것을 잃어버리고 빈손이 되었을
때 제 주머니 속에 남은 것이 시였습니다. 그리고 다시 저를
받아준 것이 자연이었습니다. 시가 고맙고 자연이 고맙기에
저는 자연의 시인으로 남고 싶은 것입니다.

진실로 열망하는 상이 제게로 왔으니 머리 숙여 수상의 영
광을 받습니다.

18년 동안 소월의 이름을 올곧게 지켜온 문학사상사에, 심
사위원이신 김남조, 김재홍, 문정희, 오세영, 오탁번, 조정권,
김성곤 선생님께도 감사의 인사를 올립니다.

올해로 시인이 된 지 스무 해가 됩니다. 그 스무 해 열심히 시의 길을 걸어왔다고 자부하니 당당하게 소월시문학상 수상 시인들의 명망에 이름을 더합니다.

정말 기쁩니다. 눈물이 날 정도로 기쁩니다.

저에게 몸을 주고 피를 주고 시를 주신 어머님과 가난한 시인의 아내인 김숙영에게 제가 받는 영예를 돌립니다. 어머님은 진해 옛집에 혼자 사시고, 아내는 제 대신 가장이 되어 일을 하고 있습니다. 두 사람 덕분에 저는 은현리 산골에서 편안하게 시를 씁니다. 이 불효를, 이 무위를 이 상으로 대신했으면 합니다.

고맙습니다. 시처럼 열심히 살겠습니다.

신이 주신 나머지 생을 '시인'으로 살겠다

— 자연에 숨어 있는 노자·장자의 도와 같은 빛나는 시

시의 길이 부지런히 걸어왔다고, 또한 빨리 걸어간다고 쉽게 끝날 길인가. 더욱 열심히 걸어서 시력 30년, 40년, 50년에 고요히 닿고 싶다. 그것이 욕심일지라도 나는 그 길을 절대 포기하지 않을 것이다. 신이 주신 나머지 생을 오로지 시인으로 살다 끝내는 시인으로 죽을 것이다.

정일근

아버지를 일찍 여의고, 어머니를 기쁘게 하기 위해 '문학의 길' 선택

아버지는 서른여섯의 나이로 길 위에서 짧은 생을 마감하셨다. 당신의 오토바이에 어머니를 태우고 마산에서 진해 집으로 돌아오시던 중이었다. 밤길에 택시가 아버지의 오토바이를 툭, 치고 뺑소니쳐 버렸다.

아버지와 어머니는 허공으로 솟구쳤다 땅으로 떨어졌다. 그러나 두 사람의 운명은 떨어지는 그 순간 바뀌었다. 마산에서 출발하실 때 아버지는 당신의 헬멧을 어머니에게 쓰게 하셨다. 머리를 다친 아버지는 저세상으로 떠나시고 어머니는 이 세상에 남게 되었다.

가장이었던 아버지의 부재로 집안은 풍비박산 나고 말았다. 군에서 제대를 하고 사업을 하셨던 아버지에게 어머니도 알지

못하는 빚이 있어 집은 빚잔치에 넘어가고 우리 가족은 길거리에 나앉고 말았다.

최대의 피해자는 어머니였다. 졸지에 아들을 잃은 할머니로부터 '남편을 잡아먹었다'는 모진 원망을 들으면서도 모질게 우리 남매를 키웠다. 나와 여동생은 초등학생이었다.

서른넷의 어머니가 선택한 호구지책은 식당이었다. 말이 식당이지 막걸리집이나 마찬가지였다. 어머니는 상당한 미인이셨다. 자식들을 버리고 충분히 새 출발을 할 수 있었지만, 그런 권유도 많았지만 어머니는 우리 남매를 꼬옥 껴안았다.

진해는 해군의 도시였다. 그래서 '진해아구찜'이란 상호를 단 어머니의 식당에는 군인과 군무원들이 북적댔다. 방이 하나뿐인 작은 식당이었다. 나는 학교에서 돌아오면 막걸리 주전자를 들고 손님들에게 날랐고, 방에 손님이 들면 나와 동생은 연탄 부뚜막에 새우처럼 웅크리고 잠들기도 했다. 나는 학교에서 가르쳐주지 않는 유행가와 군가를 어머니의 식당에서 듣고 배웠다. 음치에 가까운 내가 배호의 노래를 비롯해 흘러간 유행가를 많이 알고 있는 것이 그 이유에서이다.

아버지의 부재로 나는 슬픔이 무엇인지 아는 소년이 되고 말았다. 나는 피아노를 치고 싶었다. 피아노 학원에서 들려나오는 〈엘리제를 위하여〉의 감미로운 멜로디를 들으며 나도 피아노가 치고 싶었다. 그러나 그 말을 차마 어머니에게 할 수가 없었다. 슬픔이 나를 조숙하게 만들었기에 나는 그때 하지 못하는 말도 있다는 것을 알고 있었다.

학교에서 돌아오니 방 안에 놓여 있던 눈이 부시도록 하얀 표지를 가진 안데르센 동화전집을 기억한다. 초등학교 5학년

때 경상남도 하계발표대회에 나갈 진해시 대표글 선발하는 백
일장에서 장원을 했다. 내가 문예반에 뽑힌 것은 단지 국어책
에 나오는 시를 잘 외운다는 이유로, 담임선생님이 지명하셨
기 때문이었다. 그래서 나간 백일장에서 어머니는 아들의 뜻
밖의 장원에 크게 고무되셔서 안데르센 동화전집을 선물하셨
다. 물론 오랜 기간 월부로 구입하셨다. 늘 눈물과 함께 사셨
던 어머니가 오랜만에 활짝 웃으셨다.

나는 내가 잘할 수 있는 것이 글짓기고, 또 그 일이 어머니
를 기쁘게 할 수 있다는 것이 내가 문학을 택한 이유였다. 그
어린 시절부터 나의 장래 희망은 글쓰는 사람이었다. 결국 아
버지를 잃은 슬픔과 활짝 웃으시는 어머니가 나를 문학의 길
로 가게 한 것이다.

그래서 나는 중학교에서도 고등학교에서도 백일장을 휩쓰
는 문예부원이었다. 마산상고에서는 문예부장을 지냈다. 마산
상고를 졸업하고 나는 경남대 사대 국어교육과로 진학을 했
다. 그 당시 경남대에는 국문과가 없었다. 대학에 입학하고 나
서 내가 배웠고 알고 있는 교과서 문학과 한국문학의 현주소
와는 엄청난 거리가 있다는 것을 알았다. 그 거리를 메우기 위
해 《문학사상》, 《창작과비평》, 《문학과지성》 등을 열심히 읽었
다. 그리고 복사본 김지하의 시들을 숨어서 읽었다. 나는 우물
안 개구리였다. 그저 백일장에서 입상을 하고 우쭐거리던 어
린 올챙이였다.

'글은 잘 쓰는데 문제가 많은' 학생 시절

시대는 박정희의 유신시대였다. 동기생들은 다들 중등학교 국

어교사가 되기 위해 입학을 했고 과에는 문학을 하겠다는 친구들은 보이지 않았다. 1학년 봄소풍을 가서 한 친구가 김수영 시집을 읽고 있는 것을 보고 백년지기를 만난 것처럼 반가웠다. 그 친구가 남해 상주가 집인 박봉환이었다. 우리는 단번에 의기투합했다.

친구 박봉환과 나는 함께 습작을 시작했다. 소설과 시집을 읽고 신간 문예지를 읽고 신춘문예 당선작품들을 찾아 읽으며 문학의 꿈을 키웠다. 시인이든 소설가든 무엇이든지 되겠다는 생각 하나로 친구와 나는 서로 의지하며 읽고 썼다. 시도 쓰고, 시조도 쓰고, 소설도 썼다. 그러나 그 박정희의 시대가 나를 글쓰기에만 전념하도록 만들지 않았다. 내가 만난 문학은 대학 강의실에서 가르쳐주지 않는 많은 것들을 가르쳐주었다. 그래서 나는 유신정권에 분노할 줄 알게 되었다. 자연히 나는 당국으로부터 감시를 받는 불온한 학생이 되고 말았다.

학보사 기자로도 일했고, 야학교사로도 오래 일했다. 군대를 다녀와 복학을 해서는 서클연합회장, 학원자율화추진위원으로 학생운동에 참여했다. 경찰의 수배를 받아 도망도 가고, 학내시위를 주도한 이유로 3개월간의 무기정학도 받았다.(세상에, 대학에도 무기정학이 있었다!) 대학 시절 나에 대한 객관적인 평가가 '글은 잘 쓰는데 문제가 많은' 학생이었다.

1970년대 말과 1980년대 초반에는 '대학문단'이 존재했다. 대학문단은 등단을 하기 전에 거치는 통과의례와 같은 것이었다. 등단을 앞둔 쟁쟁한 문학청년들이 대학문단에서 자웅을 겨루었다. 그들은 대학문단을 거쳐 문청 시절을 마감하고 신춘문예 등을 통해 화려하게 문단에 나갔다.

나는 처음에는 소설로 대학문단을 두드렸다. 영남대 학보사에서 주최하는 천마문화상에 응모했다. 내가 소설 부문에 당선 없는 가작을, 원광대 안도현이 시 부문에 당선되었다. 소설은 김동리 선생님이 심사를 하셨다. 가작 상금이 6만 원이었다. 당시로는 큰돈이었다. 학교 앞 단골 막걸리집 벽에 노란색 당선 전보를 붙여놓고 호기롭게 술을 마시기도 했다.

　첫 투고에 자신을 얻은 나는 고대신문사에서 주최하는 현상 공모에 시와 소설을 동시에 응모했다. 시 부문 당선이라는 연락을 받았다. 시상식에 참석하니 소설 부문에도 응모한 것을 알고 있었다. 시가 당선되었기에 소설도 좋았지만 다른 사람을 뽑았다고 했다. 심사는 전봉건, 정현종 선생님이 하셨다.

　"우리는 정군의 작품을 이의 없이 당선작으로 뽑았는데 그 이유는 다음 몇 가지로 요약될 수 있을 것 같다. 정군의 작품은 슬픔의 색조가 독자를 감동시키는데, 그 감동은 가령 자기의 감정을 쉽게 해소해 버린다든지 너무 떠들썩하게 과시하지 않고, 아주 견고하고 함축적인 시적 표현을 얻었기 때문이다. 이런 능력은 남다른 상상력과 연상능력, 언어에 대한 감수성 등 여러 능력에 균형이 있을 때 나오게 마련이다. 아주 좋은 시를 쓸 가능성이 보인다."

　이 같은 두 분 선생님의 심사평은 지방대에서 혼자 창작공부를 하는 나에게 큰 힘이 되었다.

　시에 자신을 얻은 나는 이어 월간 《한국문학》에서 주최하는 대학생 문예작품에도 응모해 당선을 했다. 정진규, 이근배 선생님이 심사를 하셨다. 그 덕분에 대학문단에 나도 제법 이름이 알려지기 시작했다.

대학문단의 주역들이 속속 신춘문예를 통해 등단을 하기 시작했다. 하재봉, 안재찬(류시화), 안도현이 신춘문예를 통해 시인으로 등단하고, 백학기가 《한국문학》 신인상과 《현대문학》 추천을 동시에 받아 등단하는 것을 보고 나도 문학청년 시절을 마감하고 신춘문예를 준비하기 시작했다.

당시 나의 시 공부는 단 한 가지 필사를 하는 것이었다. 그 시절 송수권 선생님의 시집을 몇 번씩 필사를 했다. 밤새 손에 펜혹이 박히도록 필사를 하고, 새벽에 그 굳은살을 칼로 깎아내며 시인을 꿈꾸었다.

사실 나에게 시를 가르쳐준 사람은 없었다. 나는 오직 좋은 시집을 읽었으며, 읽되 눈으로 읽지 않고 필사를 하며 손으로 읽었다.

1984년 대학 4학년이었다. 그해 10월에 당시 무크지였던 붉은 표지의 《실천문학》(5권)에 응모해 〈야학일기〉 등 7편의 시가 당선되고, 이어서 1985년 1월 1일 《한국일보》 신춘문예에 시 〈유배지에서 보내는 정약용의 편지〉가 당선됐다.(심사 홍윤숙, 박재삼, 김현) 나는 신춘문예 시 부문에는 처음 응모했는데 덜컥 당선이 되고 말았다.

두 차례의 뇌수술, 새 생명 얻어 새로운 시인으로 거듭나고 싶어

대학 졸업을 앞두고 나는 무크지와 신춘문예에 잇달아 당선이 되어 시인이란 이름을 달았다. 1985년 3월 내 모교가 되는 진해남중학교로 발령이 났다. 진해남중에서 근무하며 첫 시집 《바다가 보이는 교실》(1987)을 냈다.(그때 쓴 교육 시 〈바다가 보이는 교실〉이 7차 교육과정 개편에 따라 2001년부터 중학교

1학년 2학기 국어교과서 〈문학의 즐거움〉 단원에 수록됐다.)

　교직생활은 3년 6개월 만에 끝내고 신문사로 옮겨 《경향신문》, 《문화일보》 등에서 기자로 근무했다. 근무 부서는 사회부와 사회2부였다. 《경향신문》 지역기자 공채에 합격해 편집국 사회부에서 수습을 받았다. 경찰서 사건기자를 시작으로 나는 고향 진해를 떠나 넓은 세상으로 나왔다. 서울, 부산, 울산 등을 떠돌며 기자생활을 하며 《유배지에서 보내는 정약용의 편지》(1991), 《그리운 곳으로 돌아보라》(1994), 《처용의 도시》(1995), 《경주 남산》(1998) 등의 시집과 시선집 《첫사랑을 덮다》를 펴냈다. 그러나 사건 사고를 챙겨야 하는 사회부 기자생활은 늘 긴장의 연속이었다.

　1998년 5월 불혹의 나이에 나는 어이없게도 쓰러졌다. 뇌종양 진단을 받았다. 스트레스가 주원인이었다. 의사는 2개월 정도 살 수 있다는 청천벽력 같은 진단을 내렸지만 실감이 나지 않았다. 다행히 신은 내 편이었다. 나는 두 차례의 뇌수술을 받고 5년째 살고 있다. 그 사이 신문기자 생활을 청산하고 아내와 함께 울산에서 '다운재'라는 찻집을 시작했으며, 히말라야를 다녀왔으며, 여섯 번째 시집 《누구도 마침표를 찍지 못한다》(2001)를 펴냈다.

　2001년 11월에 울산 도심에서의 아파트 생활을 청산하고 울산시 울주군 웅촌면 은현리로 이사를 했다. 내가 제일 잘하는 것이 예나 지금이나 시를 쓰는 것인데 죽음의 문턱까지 갔다가 새 생명을 얻었으니 새로운 시인으로 거듭나고 싶었다. 나는 전업시인을 선언했고 아내는 흔쾌히 동의해 주었다. 마당이 있는 집을 얻어 나무도 심고 개도 기르며 나는 자연으로 귀의했다. 그래서 나는 아내가 다운재로 출근을 하고 나면 은현리에 남아 책을 읽고 시를 쓴다.

요즘 나의 시적 관심은 자연이다. 나는 무위자연에 숨어 있는 부처의 깨달음 같고, 노자와 장자의 도와 같은 빛나는 시를 찾아내고 싶은 것이다. 자연에서의 은유가 한없이 즐겁기에 나는 오랫동안 이 세상에 머물 것 같다.

올해로 나는 20년째 시의 길을 걸어가고 있다. 그동안 여섯 권의 시집과 한 권의 시선집을 냈다. 올해 또 한 권의 두툼한 신작시집을 준비하고 있어 시인 20년에 일곱 권의 시집을 가지게 될 것이다. 평균 3년에 시집 한 권을 묶었으니 다작은 아니지만 부지런하게 시의 길을 걸어왔다고 생각한다.

그러나 시의 길이 부지런히 걸어왔다고, 또한 빨리 걸어간다고 쉽게 끝날 길인가. 더욱 열심히 걸어서 시력 30년, 40년, 50년에 고요히 닿고 싶다. 그것이 욕심일지라도 나는 그 길을 절대 포기하지 않을 것이다. 신이 주신 나머지 생을 오로지 시인으로 살다 끝내는 시인으로 죽을 것이다.

| 작품론 |

생명의 원형성과 시의 절대성

이숭원(문학평론가·서울여대 교수)

정일근 시인은 자연을 역동적으로 상상하며 생명의 절대성에 대담하게
접근해 가듯이 시를 탐구하는 데 있어서도 어떤 절대의 경지를 추구한다.

| 작가론 |

저 대책없이 뜨거운 신라의 사내, 정일근

이지엽(시인·경기대 교수)

돌 속에 숨은 천년 사랑의 비원을 안고 걸어가는 신라 사내. 시인 정일근.
상처받아 찢기고 아픈 가슴들, 마치 경주 남산의 저 억새들처럼 여윈 등
대고 살아가는 우리들 모두에게 사랑을 한 고봉씩 퍼주고도 무엇이 좋아
웃는 저 사내. 그리움의 마음으로 길을 만들고, 늑대의 울음 같은 보름달
아니라도 니르바나의 촛불 한 자루로라도 넉넉하게 불 밝혀주는 진정한
시인 중의 시인.

생명의 원형성과 시의 절대성

— 생명의 등불을 밝히는 시

정일근 시인은 자연을 역동적으로 상상하며 생명의 절대성에 대담하게 접근해 가듯이 시를 탐구하는 데 있어서도 어떤 절대의 경지를 추구한다.

이숭원(문학평론가 · 서울여대 교수)

소월시문학상에 이른 길

20년에 이르는 시작 과정을 통하여 정일근의 시는 뚜렷하지는 않지만 몇 차례의 변화를 보여주었다. 그가 이십대의 꼬리표를 막 떼는 시점에 낸 첫 시집 《바다가 보이는 편지》(1987)는, 80년대에 출발한 시인의 작품답게, 고통으로 얼룩진 이웃의 삶에 대해 연민과 애정의 눈길을 보내며 그들에 대한 공동체적 연대감이 행동으로 전환되지 못하는 것에 대한 부끄러움과 슬픔을 노래한 작품들로 채워져 있다. 두 번째 시집 《유배지에서 보내는 정약용의 편지》(1991) 역시 이러한 경향을 이어받고 있지만, 고통이나 분노나 비애를 삶의 현실적 국면과 더욱 밀착시킴으로써 추상의 자리에서 벗어나려는 노력을 보였다. 그는 이 두 권의 시집에서 분단문제라든가 교육문제, 사회문제와 관련된 '발언'을 정직하고 성실하게 드러내려고 했다.

앞의 두 시집이 발언을 우위에 두었기 때문에 시적 표현의 세부에 대한 고려가 어느 정도 유보된 감이 있었는데, 세 번째 시집 《그리운 곳으로 돌아보라》(1994)에서는 시의 표현문제에 깊은 관심을 기울여 의성어와 의태어를 활용한 생동감 있는 표현이라든가 정황 자체를 섬세하게 묘사하는 언어의 묘미를 보여주게 된다. 기자로서의 취재 과정에서 얻은 다양한 소재가 시로 다루어지며 개인적 가족사의 일부를 드러내는 고백의 형식을 취한 작품도 들어 있다. 그의 시적 감성은 더욱 섬세해져서 힘겨운 삶 속에서 겪는 상실의 감정이라든가 상처받은 영혼이 추구하는 미지의 세계에 대한 그리움을 노래한 작품도 상당수 수록되어 있다.

네 번째 시집 《처용의 도시》(1995)의 시편들은 세 번째 시집을 낸 지 1년 만에 나온 시집이어서 앞 시집의 연장선상에 있다. 그런데 이 시집에는 처용의 도시로 상징되는 황잡한 세상에 대한 환멸감과 경주 남산 및 감은사지로 표상되는 정갈하고 영원한 공간에 대한 지향이 충돌한다. 그는 황폐해 가는 도시에서 영혼의 안식, 정신의 구원에 해당하는 어떤 피안으로의 이행을 꿈꾼다. 경주 남산과 감은사지를 답파하여 역사적 공간에 도사리고 있는 정신의 실재를 찾으려 하고 그것을 자신의 울타리 안으로 포용하려 한다. 이 시집에 유달리 마음, 혹은 영혼이라는 말이 자주 사용되고 있는 것도 중요한 변화 중의 하나다. 이것은 시인이 마음의 문제에 깊은 관심을 기울이고 있다는 사실을 암시한다.

이 마음의 문제가 경주 남산이 갖는 상징성과 결합되어 삶의 심층을 탐색하는 중요한 자원으로 응결된 시집이 다섯 번째 시집 《경주 남산》(1998)이다. 그는 경주 남산의 유적과 아름다운 자연 풍광에서 시간을 초월하여 현존하고 있는 인간 정신과 소망의 흔적을 확인한다. 남산 돌부처가 천진한 웃음을 자아내고 있듯이 자연은 자연대로 정겨운 눈짓을 하고 유혹의 눈길을 보낸다. 자연과 조화를 이룬 여러 유적은 시인의 마음을 드맑게 씻어주는 것 같다. 이것은 영원에 대한 갈망으로 시인을 이끈다. 참으로 안타까운 것은, 한국시에서 탐색적 명상의 절정을 보여준 이 시집이 간행되기 직전 IMF 경제위기가 대한민국을 강타함으로써 이 시집의 가치가 제대로 평가받지 못했다는 사실이다. 설상가상으로 시인은 건강이 상하여 큰 수술을 받았다. 이 때문에 이 시집은 귀중한 가치에도 불구하고 독자들의 관심에서 소외되었다.

그는 생의 아찔했던 고비를 넘기고 건강을 되찾기 시작했고 그의 시선은 생명의 근원을 향해 더욱 깊어졌다. 일자리에서 해방되어 자유인이 된 그는 답답한 일상에서 벗어나 경개 좋은 산천을 유람하고 중국과 히말라야 지역을 여행하기도 했다. 그러한 여행 체험은 신성한 세계에 대한 탐구가 어떤 절대의 자리에서만 이루어지는 것이 아니라 일상의 맥락에서도 충분히 진행될 수 있다는 인식을 가져오면서 구도적 탐색을 일상화시키는 계기가 되었다. 그의 여섯 번째 시집 《누구도 마침표를 찍지 못한다》(2001)에 그러한 작업의 결실이 담겨 있다.

자연의 이름에서 생명의 신성(神性)으로

최근의 작품 중 〈쑥부쟁이 사랑〉은 자연에 대한 그의 접근 방법을 잘 알려준다. 시인은 가을 들길에 지천으로 피어난 쑥부쟁이 꽃을 보며 "이름 알면 보이고 이름 부르다 보면 사랑하느니/사랑하는 눈길 감추지 않고 바라보면, 모든 꽃송이/꽃잎 낱낱이 셀 수 있을 것처럼 뜨겁게 선명해진다"고 말한다. 자연물의 이름을 알게 되면 자연을 사랑하는 길이 열린다는 이 생각은 공자의 다음과 같은 말을 떠올리게 한다.

詩, 可以興, 可以觀, 可以群, 可以怨. 邇之事父, 遠之事君, 多識於鳥獸草木之名

《논어》 '양화편(陽貨篇)'에 나오는 이 말을 효용론적인 관점에서만 해석하는 경향이 있는데, 나는 이 짧은 구절에 시에 대한 매우 근원적이고도 통찰력 있는 식견이 담겨 있다고 생각한다. 그래서 이 구절을 다음과 같이 해석한다.

시라고 하는 것은 어떤 것에 감흥을 일으키게도 하고, 어떤 것을 자세히 살펴보게도 하고, 여러 사람이 화합을 이루게도 하고, 잘못된 것에 대해 비판하는 마음을 갖게도 한다. 시를 공부하면 가까이는 부모를 잘 섬겨 가정의 도리에 충실하게 되고, 멀리는 임금을 제대로 섬겨 사회·국가적 윤리에도 충실하게 될 뿐만 아니라, 새, 짐승, 풀, 나무의 이름을 많이 익혀 사물을 이해하고 사랑하는 마음까지 기를 수 있다.

여기서 마지막 구절의 의미를 음미해 보면 정일근의 〈쑥부쟁이 사랑〉도 이와 유사한 생각을 담고 있음을 이해하게 된다. 2천5백 년의 세월을 건너뛰어 공자의 생각이 정일근의 시심에서 부활하고 있음을 본다. 이것은 우연이 아니라 그의 구도자적 탐색이 도달한 사색과 관찰의 결과다. 그의 자연 관찰이나 대상에 대한 명상은 정적인 상태에 머물지 않는다. 본래 경주 남산을 밤마다 오르내리던 열혈남아였던지라 자연과의 동화를 꿈꾸는 그의 상상력은 역동적이고 활달하다. 첫눈 맞는 겨울산을 흰털 세운 한 마리 산짐승으로 본 그는 다음과 같이 백두대간을 달리는 장쾌한 꿈을 꾼다.

첫눈 내리는 날 한반도 모든 산줄기들
흰털 하얗게 곧추세워
하얀 능선 위를 달려가고 있으니
그놈의 등에 덥석 올라타는 꿈이여
겨울산과 한 몸의 날렵한 산짐승 되어
지리산에서 백두산까지 튼튼한 등뼈를 밟고
한걸음에 달려가는 즐거운 꿈이여

—〈겨울산〉 부분

눈 덮인 겨울산을 노래한 사람은 많아도 벌떡 일어나 산줄기를 휘달리는 야수의 움직임으로 상상한 시인은 별로 없으리라. 그런데 정일근 시인은 이렇게 백두대간을 휘달리는 호방한 꿈을 꾸었다. 이 상상력은 어디서 온 것일까? 이것은 풍요의 감각으로 열리는 〈가을 전어〉의 낭만적 상상과도 다르고 침묵 속에 꽃문을 여는 〈저녁〉의 신비로운 관조와도 다르다. 이것은 지리에서 백두까지 백두대간 큰 줄기를 자신의 한 몸으로 받아들이는 생명합일의 의식에서 비롯된 것이다. 히말라야 산지에서 자연합일의 신성함을 체험했던 시인은 눈 내리는 백두대간 산줄기에서도 자연과 한 몸으로 너딩구는 원시 본연의 꿈을 꾼다.

자연의 이름을 통해 자연을 사랑하게 되면 자연의 미세한 움직임 속에서도 생명의 신성(神性)을 발견한다. 눈 내리는 산줄기도 무정한 사물이 아니라 나를 등에 업고 휘달리는 신성한 역동체이며, 저녁에 꽃문을 열어 만개하는 목련꽃도 자연의 비밀스러운 섭리를 전해 주는 신성한 상징물이다. 자연의 섭리 중 가장 본능적이면서도 가장 위대하고 가장 친근하면서도 가장 신성한 것이 바로 모성(母性)이다. 그는 〈저 모성(母性)!〉이라는 시에서 누구에게 배운 바도 없는데 첫 새끼를 낳고 본능적으로 새끼를 보살피는 개에게서 신성(神性)보다 앞선 모성을 발견하고 예찬한다. 아무리 하찮아 보이는 미물이라 하더라도 생명을 잉태하고 출산하고 양육하는 모성은 어디에도 비할 수 없는 신성함을 지니며 새로 태어난 생명체는 아기 예수의 탄생이나 다름없이 그 자체로 무한한 가치를 지닌 등불임을 역설하는 것이다.

'생명의 등불'을 밝히는 모성에 대한 관심이 온 식구가 둘러앉아 화목하게 음식을 나누어 먹는 두레밥상으로 이어졌다. 그런 점에서 〈둥근, 어머니의 두레밥상〉은 깊이 음미해 볼 만하다. '두레'라는 말은 둥글게 모인다는 뜻에서 유래했을 텐데, 일반적으로 농촌에서 여러 사람의 힘이 필요한 농사일을 할 때 공동작업을 하기 위해 만든 조직을 가리키는 말로 쓰인다. 이 말에서 여러 사람이 둘러앉아 먹는 것을 지칭하는 두레먹는다는 말이 파생되었고 거기서 두레상이란 말이 형성되었을 것이다. 둥글게 둘러앉아 밥을 먹는 모습은 누구에게나 평화와 안식의 장면으로 다가온다. 영국의 아더 왕도 자신을 왕으로 옹립한 기사들과 평등하고 원만하게 회의를 한다는 뜻에서 기사들과 원형 탁자에 둘러앉았다고 한다. 생명의 가장 온화한 모습은 원형이고, 모든 둥근 모양은 평화와 안식을 가져다준다. "어머니의 둥근 두레밥상에 앉고 싶다"는 시인의 소망이 소박해 보이지만 우리가 살고 있는 모난 밥상의 아수라장이 너무나 살벌하기에 그 소박한 꿈이 오히려 절실해 보인다.

절대 탐구의 시 정신

둥근 밥상에 둘러앉든 모난 밥상에 각을 지고 앉든, 우리는 밥을 먹어야 산다. 밥을 먹는 것은 생명 유지의 기본 요소지만 사람은 밥만으로는 살 수가 없다. 밥 외에 옷도 있어야 하고 집도 있어야 하고 그 외에 또 무엇이 있어야 한다. 시는 밥 외에 우리를 살게 하는 또 다른 그 무엇의 하나다. 시를 써서 밥을 벌 수도 있지만 본질적으로 시는 밥과 무관한 자리에 놓인다. 〈피아니스트〉라는 영화를 보면, 2차대전 때 수용소를 탈출한 유태인 피아니스트가 단말마적 상황에서 극한의 고통을 견디다가 음악을 연주하며 마음의 위안을 얻는 장면이 나온다. 음악이 굶주림에 시달리는 그에게 밥을 준 것은 아니다. 음악은 밥과는 무관한 자리에서 그에게 위안을 준 것이다. 시 역시 우리의 배를 채워주지는 않지만 먹고사는 일과는 무관한 자리에서 우리에게 위안과 감동을 준다. 음악처럼 우리 심령에 직접 충격을 가하는 것은 아니지만 시도 언어를 매개로 하여 마음에 파문을 일으킨다.

정일근 시인은 자연을 역동적으로 상상하며 생명의 절대성에 대담하게 접근해 가듯이 시를 탐구히는 데 있어서도 어떤 절대의 경지를 추구한다. 가난과 상처로 얼룩진 이십대의 젊은 시절 방황 속의 유일한 피난처였던 진해시 대천동 흑백다방. 그곳은 그가 처음으로 시인을 꿈꾸며 습작의 첫발을 내디딘 시의 회임지(懷妊地)이자 배양지(培養地)이다. "내가 숨쉬기 위해 숨어들던 그곳"(〈흑백다방〉)을 20년이 지난 오늘 다시 떠올리는 것은 그의 시작의 출발점을 확인함으로써 오늘의 좌표를 새롭게 설정하기 위함이다. 〈다시, 학동〉에서 "푸른 스무 살" 처음 시를 쓴 바다를 다시 찾아가 보는 것도 자신의 과거 시작의 근거를 확인하고 자신에게 시가 무엇인지를 철저하게 확인하려는 탐색의 행위다. 그런 탐색의 끝판에서 만나는 시 창작의 다짐은 다음과 같이 무서운 기상으로 새겨져 있다.

겨울산을 면벽 삼아 수좌들 동안거에 들고
생각 놓으면 섬광처럼 날아와 눈알 뽑아버릴
독수리 한 마리 제 앞에 날려놓고
그도 물잔 속의 물처럼 수평으로 앉았을 것이다.
조금이라도 흔들리면 잔 속의 물 다 쏟고 마는
그 자리에 내 시를 들이밀고, 이놈 독수리야!
용맹스럽게 두 눈 부릅뜨고 싶을 때가 있다.
나도 그들처럼 죽기를 살기처럼 생각한다면
마주하는 산이 언젠가는 문짝처럼 가까워지고
영축산은 또 문짝의 문풍지처럼 얇아지려니
그날이 오면 타는 손가락으로 산을 뺑 찔러보고 싶다.

—〈날아오르는 산〉 부분

영축산은 원래 석가모니가 법화경을 설법하였다는 인도의 산이다. 신령스러운 독수리란 생사의 굴레를 끊고 자유롭게 비상하는 깨달은 사람의 경지를 상징하기 때문에 그런 이름이 붙여졌을 것이다. 국내에 영축산이란 이름을 가진 산이 많은데 양산 통도사가 있는 산도 영축산이다. 그 산의 형상이 독수리가 날아가는 모습을 닮았다고 한다. 부처의 진신사리가 봉양되어 있고 많은 승려가 득도한 사찰이기에 스님들의 용맹정진이 그치지 않는다.

이 시는 영축산을 중심으로 한 수좌들의 용맹정진과 시의 해탈을 이루려는 시인의 정진을 대비적으로 표현한 작품이다. 선승들은 좌선에 몰두하여 다리가 썩는 것도 몰랐으며 세상의 번뇌를 떨치기 위하여 손가락에 불을 붙이는 연비(燃臂) 의식을 행하기도 하였다. 육신의 껍질이 탈각되고 촉루만 남았을 때 비로소 진정한 구원의 길이 열린다는 각오로 구도에 매진했던 것이다. 시인은 지금 그러한 선승들의 상상을 초월한 구도 행각을 떠올리며 자신도 시의 구도 행위에 나서려고 한다. 그래서 언젠가는 지상의 한계를 벗어나 우주로 날아오르는 자유의 시 정신을 염원하는 것이다. 이러한 시의 절대성 탐구의 경지는 다음 시에도 비쳐 나오고 있다.

죽비는 마음을 치는 뜨거운 경책(警策)

이놈 시야, 내 이제 너를 잡을 것이니

게을러질 때마다 스스로 어깻죽지를 내리치며

목어(木魚)인 양 두 눈 부릅뜨고 너에게로 가려니

솥발산이 보이는 창가에 죽비를 걸어놓고

서쪽을 향해 무릎을 꿇는다

—〈죽비(竹篦)〉부분

선방 사람들이 참선을 하다가 졸면 죽비를 경책 삼아 어깨를
내리쳐 잠을 깨우고 참선에 정진케 했다. 그처럼 시인도 목어
인 양 눈 부릅뜨고 시에게로 달려가겠다고 선언한다. 그는 시
라는 화두를 짊어지고 그 비밀을 깨치기 위해 발가락이 떨어질
때까지 참선에 매진하는 선승의 자세를 취하고 있는 것이다.
이러한 절대적 탐구의 자세는 일찍이 한국시사에서 모습을 드
러낸 적이 별로 없다. 어느 면 도락적이고 풍류적인 자세로 여
유 있게 시를 써온 것이 시단의 일반적인 관례였다. 그런데 정
일근은 지금 백척간두에서 진일보하여 독수리로 우주를 비상
하겠다는 다짐을 내세우며 두 눈 부릅뜨고 시의 정수를 사로잡
겠다고 단언한다. 참으로 용맹스럽고도 무서운 선언이다.

그는 스스로 시의 순교자가 되기를 자처한다. 선승의 용맹
정진을 표방한 앞의 시들이 치열한 어법을 보이지만 오히려
호방한 어법 때문에 비현실적인 느낌을 주는 데 비해서, 시를
쓰다 죽겠다는 결의의 표현은 일상적인 일을 서술하듯 아주
태연한 어법을 채용했기 때문에 그것이 주는 충격은 오히려
더 선명하다.

시를 생각하다 잠이 들고
시의 꿈을 꾸다 새벽이 오는
이 직업병, 지독한 병처럼 앓을 것이니
마침내 이 병의 마지막이 오면

신문에 실릴 내 부고기사 속의 사인은

오직 시이기를

시를 사랑한 즐거운 지병이기를

―〈즐거운 직업병〉 부분

　자연을 사랑하여 자연과 하나가 될 꿈을 꾸었듯이 그는 시를 사랑하여 시와 하나가 될 꿈을 꾼다. 자연과 하나가 되면 생명의 근원을 들여다보는 눈을 얻게 된다고 했는데, 시와 하나가 되면 지상의 생에 대해서는 하직을 고하는 것인가. 시가 생명의 등불을 밝히는 것이라면 그것도 분명 자기를 버리고 남을 끌어안는 모성애의 측면을 지니고 있을 것이다. 세상만사를 은유하는 시인으로서의 과업은 '침묵의 비밀'을 터득하여 생명의 가치와 아름다움을 만방에 알리는 데 있다. 그것은 매우 보람찬 일이기에 그 일에 따르는 어려움을 직업병이라고 할 수가 없다. 직업병을 지독하게 앓겠다는 시인의 말은 생명의 등불을 밝히는 시인의 말로는 어울리지 않는다. 병 속에 든 새의 비밀을 깨치는 날 독수리처럼 우주로 날아오를 꿈을 꾸는 그에게 무슨 지병과 직업병이 있겠는가.

　그러니 정일근 시인이여, 시 때문에 병을 앓다 죽는다는 말은 제발 하지 말아다오. 좋은 시를 많이 쓰기 위해 오래오래 살아야겠다는 말로 바꾸어 말해 다오. 지금까지 살아오면서 많은 존재들의 이름을 익혔으니 산다는 것은 이름을 아는 일이며 이름을 아는 것은 사랑하는 일이다. 세상을 사는 것과 세상을 사랑하는 것이 둘이 아니니 그대의 마음을 어디에 점찍을 것인가. 할(喝)!

저 대책없이 뜨거운 신라의 사내, 정일근
─넉넉한 사랑 퍼주고 좋아 웃는 진정한 시인 중의 시인

> 돌 속에 숨은 천년 사랑의 비원을 안고 걸어가는 신라 사내. 시인
> 정일근. 상처받아 찢기고 아픈 가슴들, 마치 경주 남산의 저 억새들
> 처럼 여윈 등 대고 살아가는 우리들 모두에게 사랑을 한 고봉씩 퍼
> 주고도 무엇이 좋아 웃는 저 사내. 그리움의 마음으로 길을 만들고,
> 늑대의 울음 같은 보름달 아니라도 니르나바의 촛불 한 자루로라도
> 넉넉하게 불 밝혀주는 진정한 시인 중의 시인.

이지엽(시인·경기대 교수)

콸콸 내어뱉는 거침없는 언사에도 잔정이 묻어 흘러

나는 정일근 시인이 펴낸 시집 《감지(紺紙)의 사랑》 해설을 쓸
때 이런 얘기를 한 적이 있다.

　　정일근은 후덕한 가슴을 지닌 시인이다. 콸콸하게 내어뱉는 거
　침없는 언사에도 잔정이 묻어 흐른다. 내가 알고 있는 많은 시인들
　가운데 조금 쓴다는 시인들치고 겸양의 미덕을 지닌 사람을 보지
　못했다. 문학이 무슨 권력이나 되는 것처럼 휘두르는 오만함과 때
　론 경계하는 눈초리들. 그들이 어찌 시인일 수 있을까 하는 의구심
　이 들 정도의 자괴감이 나를 괴롭히곤 하였다. 특별한 인연이 없음
　에도 나는 정일근 시인을 좋아한다. 그가 갖는 품 넓은 사랑과 작

은 것에도 쏟아내는 열정을 보고 있노라면 흐뭇하기도 하고 부럽기도 하다. 그가 《그리운 곳으로 돌아보라》의 시집을 낸 지 3년도 안 되어 시집을 낸다. 이름하여 《감지(紺紙)의 사랑》이다. '경주 남산 연작 시집'으로, '경주 남산(慶州南山)'을 부제로 단 23편의 작품이다. 이 시집의 원고를 받고 내리닫이 식으로 읽어버린 후(이것은 순전히 그의 책임이다. 그는 원고를 보내주고 받자마자 성급하게도 독촉을 해댔다. 박사가 돼갖고 척 보면 모르냐고) 내게 얼른 다가오는 첫인상은 그리움의 덩어리를 내내 버리지 못하고 애써 끌고 가는 한 사내의 뒷모습이었다. 그것은 마치 소가 산(山)을 끌고 가는 우직한 몸부림 같은 것이었는데 그 뒷모습이 애잔하여 나를 한동안 멍멍하게 만들었다. 멍멍한 가슴을 진정하여 몇 번의 정독을 거치면서 나는 그가 진정 찾은 사랑법이 결코 만만한 사랑이 아님을 알게 되었다. 그의 경주 남산(南山)에 대한 사랑은 못 이룬 사랑에 대한 열원이다. 작게는 개인사적인 얽매임에서 크게는 민초(民草)들의 세상에 대한 사랑으로 연결되고 있다. 그 사랑은 경주 남산이 그러하듯 별처럼 뿌려진 수많은 절과 기러기처럼 날아가는 탑들과 같은 깊이와 넓이의 품새를 지녔다.

지금도 이 생각은 변함없고 앞으로도 변하지 않을 것이다. 좋은 친구 하나를 만나는 것처럼 보람된 일이 어디 있으랴. 그와 나는 80년대 초·중반에 문단에 나왔다. 문학에 열뜬 시절이었고 어디서 누가 등단했네 하면 소문이 짜하게 퍼져서 어디에 누구 하면 다 알 정도였다. 그래서 나는 서울에 있었고 그는 지방에 있었지만 서로에 대해 벌써 통하고 있었다. 더욱이 그가 시를 쓰면서도 시조를 사랑하였기에 나와는 상당히 많은 부분에서 동감내가 끝났다. 시노 좋지만 시조는 문제점투성이여서 이를 개혁해 보고자 했던 '80년대 시조동인'에 나는 자연스레 그를 끌어들였고 자꾸 달아나려고 하는 그에게 시조도 써보도록 했다. 내 생각은 시조에 그와 같은 인재가 꼭 필요하다는 이유에서였는지 모르겠다. 아무튼 그런 이유로 80년대 중반 이후 우리는 쉽게 의기투합이 되었다.

가난 속에서도 당당함과 싱싱함이 배어 있는 목소리

한번은 그가 서울에 왔을 때 대학로에서 만났다. 까무잡잡한 시인 한 사람을 소개했다. 최영철 시인이었다. 그는 어느 출판사에 취직해 술과 가난을 씹고 있을 때였는데 우리는 대낮부터 술에 흠뻑 취했다. 그때 최영철 시인은 아무 택시나 잡고 "평양 만 원, 신의주 만 원" 하고 외쳐댔다. 객기가 발동한 셈인데 정일근 시인은 "지엽아, 서울은 얼마나 좋노. 바람피워도 표시도 안 나고" 슬슬 눙치는 얘기들이 재미가 있어 깔깔대기도 했다. 그러나 우리는 가난했고 누가 누구를 도울 입장도 되지 못했다. 단지 문학만이 우리를 달뜨게 했다. 문학 앞에서 용감해질 수 있었다.

　1989년인가 그가 〈바다가 보이는 교실〉 연작을 쓰면서 애면글면하던 중학교 교사를 그만두고 부산에 살고 있을 때 얘기다. 나는 모처럼의 여름 휴가에 가족들과 부산에 갔다가 그를 만나게 되었다. 그는 멀리서 친구가 왔다고 식사 대접을 해야한다고 난리를 피웠다. 그러나 정작 그가 우리들을 이끌고 간 곳은 그럴싸한 음식점이 아니고 그가 살고 있는 집이었다. 식사를 살 돈이 없다는 걸 나는 눈치를 채고 있었지만 그의 집을 가보고 싶어졌다. 산동네 구불구불한 길을 한참 걸어 올라갔는데 나는 그의 집을 보고 놀라지 않을 수 없었다. 엉성하게 블록을 쌓아 만든 연립주택이었는데 집 안은 완전히 찜통이었다. 내심 그가 나를 진정한 친구로 생각하는 것 같아 고마웠다. 그렇게 생각한 이유는 중랑천 둑방에 살 때 '이상보'라는 아주 친한 친구 덕분이었다.

중학 시절 서울에 처음 올라가 우리 식구는 중랑천변 썩은 내가 진동하는 판잣집 단칸방에 살았다. 그때 상보라는 친구가 우리 집을 가자고 몇 번을 졸랐지만 나는 여러 핑계를 대며 우리 집에 데리고 가지 않았다. 창피했기 때문이었다. 어느 날은 그가 작정을 한 듯이 나를 앞세우고 무작정 우리 집에까지 쳐들어왔다. 나는 홍당무가 되었지만 그 뒤로 우리는 서로를 터놓을 수 있는 유일한 친구가 되었다.

그런 경험이 있었기 때문에 나는 정 시인이 약간 멋쩍어하는 것을 일부러 개의치 않았다. 부인이 직접 자갈치 시장까지 가서 낙지를 사왔다. 정말 살인적인 더위 속에서 땀을 뻘뻘 흘려가며 부인이 정성스레 만들어낸 매운 낙지를 맛있게 먹었다. 저녁을 지내고 잠도 자라고 권했지만 우리 내외는 자리를 황급히 뜰 수밖에 없었다. 서로에게 말하지 않았지만 저간의 사정을 미루어 다 짐작하고도 남았기 때문이었다. 그는 가난을 우회하지 않고 스스럼없이 보여주었다. 그 뒤로 우리는 적어도 모든 것을 털어놓을 수 있는 친구가 되었고 문단에서는 거의 유일하게 가정사의 시시콜콜함까지도 나누는 사이가 되었다. 가끔 전화를 하면 아직 직장이 안정되지 않아 고전하고 있는 것이 역력했다. 그러나 그의 목소리에는 당당함과 싱싱함이 배어 나왔나. ㄱ 싱싱함으로 우리는 달려 나가고 있었다. 가난은 단지 조금 불편한 것일 뿐 그렇게 우리의 삼십대를 질주하고 있었다.

뇌수술 후, 기적같이 건강 회복

그 뒤 나는 광주의 신설 대학으로 가고 그는 울산으로 가서 《문화일보》 주재기자를 하게 되어 정말 바쁘게 서로 연락을 하지 못한 채 몇 해가 흘렀다. 그의 살림은 울산으로 옮기면서 한결 빠르게 자리를 잡아가고 있었다. 광주에서 《시와사람》과 《열린시조》 계간지를 하면서 나는 다시 그와 연락이 되었다. 자연 《시와사람》으로도 원고 청탁을 했고 《열린시조》는 편집에도 관여하도록 자리를 만들었다. 원수 갚음을 해야 한다고 울산으로 놀러 오기를 권했지만 쉽게 만나지지 않았다. 그러던 중 앞서 얘기한 시집 《감지(紺紙)의 사랑》 해설을 엉겁결에 쓰게 되었고 그가 보고 싶어 제자들 서너 명을 데리고 울산으로 넘어갔다. 그는 바쁜 중에 모든 일을 뒤로 밀치고 이 시의 무대가 된 경주 남산(南山)을 동행하며 일일이 설명해 주었다. 그가 얼마나 남산을 사랑하고 있는지 실감이 갔다. 그는 경주 남산을 "미륵의 땅을 찾아 떠나가는 한 척의 배"라고 하였다. 별처럼 뿌려진 절과 기러기처럼 날아가는 탑(塔)을(寺寺成長 塔塔雁行) 싣고 떠가는 서라벌의 거대한 배. 바람에 솜털같이 하얀 이삭을 모두 날려버리고 추운 겨울을 견디고 있는 산정 억새처럼 가벼운, 그렇지만 처처에 놓인 석불과 돌탑과 절터들……. 그 천년의 흔적들 그래서 오를수록 높고 무거운 산(山). 그가 달밤 산행의 멋과 맛에 취해 왜 '늑대 산악회'를 조직하여 보름달만 뜨면 남산을 찾아가는 이유를 알 수 있을 것 같았다. 그날 우리는 울산 현대호텔에 묵었다. "야 일근아. 니 그 부산 그 찜통집 생각나나?" 씩, 우리는 서로를 마주보며 웃었다.

갔다 온 뒤 얼마가 지났을까. 그가 갑자기 쓰러졌다는 소식을 듣고 전화 통화하게 되었다.

"지엽아, 니 목소리 들었으니 이제 죽어도 괜찮다." 다 죽어가는 소리였다. 나는 그때 대학에서 교무처장을 하고 있어서 눈코 뜰 새 없이 바쁠 때였다. 다음 날 잡힌 회의 일정을 다 취소하고 새벽같이 자동차를 몰고 울산으로 넘어갔다. 위험한 한 고비는 넘기고 있었다. 안도가 되긴 했지만 머리에 붕대를 친친 감아 매고도 웃는 그를 보고 나는 눈시울이 뜨거워질 수밖에 없었다.

그 뒤 요행 그는 건강을 기적같이 회복했다. 다음 해 광주에서 '영·호남 문학인 대회'가 열렸을 때 우리는 당시 김미승 시인이 운영하는 카페 '편한 자리'에서 고재종, 안도현 그 외 몇몇 시인들과 밤을 꼬박 새우며 얘기꽃을 피웠다. 그날 그는 좌중을 휘어잡고 새벽까지 연신 배꼽을 잡게 했다. 한 시간이고 두 시간이고 계속되는 그의 이야기는 조금도 지루하지가 않았다. 그 뒤 그는 시인학교 학생들을 데리고 넘어와 특강을 요청하기도 했고 다산초당 촬영이 있다고 넘어오기도 했다. 강진에서 태어나지도 않았는데 강진을 팔아먹고 살고 있다고 먼저 선수를 쳤다. 그의 데뷔작 〈유배지에서 온 정약용의 편지〉가 유명세를 타고 있기 때문이었다. 해마다 그는 연말이면 부부 동반 모임을 해서 경상도에서 꼭 전라도를 다녀가곤 했다. 내가 식사를 한번 사려고 해도 한 번도 허용을 하려 들지 않았다. 그는 자신이 가지고 있는 모든 것을 남 줘버려야 직성이 풀리는 막무가내식 사랑을 가지고 있다. 그는 내 강권(?)에 못 이겨 시조를 간헐적으로 썼는데 2000년에는 시조단의 중진에 주어지는 상당히 인정되는 한국시조작품상을 받기도 했다.

마흔 해 손 한 번 씻겨 드리지 못했는데
아들의 등을 미는 어머니 우리 어머니
병에서 삶으로 돌아온 내 등 밀며 우신다
벌거벗고 제 어미를 울리는 불혹의 불효,
뼈까지 드러난 몸에 살과 피가 다시 살아
어머니 목욕 손길에 웃는 아이가 되고 싶다
까르르 까르르 웃는 아이가 되고 싶다
어머니의 욕조에 담긴 어머니의 사랑이 되어
회귀의 강으로 돌아가는 살찐 새끼가 되고 싶다
                              ―〈목욕을 하며〉

쓰러지고 난 뒤 아픈 심경이 절절하게 와 닿는 작품이었다. 시상식이 있는 날 최영철 시인은 '백석문학상'을 받아 나는 너무나도 기분이 좋았다.

돌 속에 숨은 천년 사랑의 비원을 안고 걸어가는 신라 사내. 시인 정일근. 상처받아 찢기고 아픈 가슴들, 마치 경주 남산의 저 억새들처럼 여윈 등 대고 살아가는 우리들 모두에게 사랑을 한 고봉씩 퍼주고도 무엇이 좋아 웃는 저 사내. 그리움의 마음으로 길을 만들고, 늑대의 울음 같은 보름달 아니라도 니

르나바의 촛불 한 자루로라도 넉넉하게 불 밝혀주는 진정한 시인 중의 시인. 이 대책없이 뜨거운 사내.

그가 이제 소월시문학상을 받는다. 나는 내가 받은 것보다 정말 기분이 좋고 설렌다. 아직 바쁜 세월 탓에 마음놓고 술은 못했지만 이제 만나면 세월의 머리를 돌려놓고 서너 날 그냥 그대로 대취를 하고 싶다.

임영조
오이도 외

1945년 충남 보령 출생.
서라벌예대 문예창작과 졸업.
1970년 《중앙일보》 신춘문예로 등단.
시집 《바람이 남긴 은어》 《그림자를 지우며》 《갈대는 배후가 없다》
《귀로 웃는 집》 《지도에 없는 섬 하나를 안다》 등.
소월시문학상 대상, 현대문학상, 서라벌문학상 수상.

오이도

마음속 성지는 변방에 있다
오늘같이 싸락눈 내리는 날은
싸락싸락 걸어서 유배 가고 싶은 곳
외투 깃 세우고 주머니에 손 넣고
건달처럼 어슬렁 잠입하고 싶은 곳
이미 낡아 색 바랜 시집 같은 섬
—오이도행 열차가 도착합니다
나는 아직 그 섬에 가본 적 없다
이마에 '오이도'라고 쓴 전철을
날마다 도중에 타고 내릴 뿐이다
끝내 사랑을 고백하지 못하고
가슴속에 묻어둔 여자 같은 오이도
문득 가보고 싶다, 그 섬에 가면
아직도 귀 밝은 까마귀 일가가 살고
내내 기다려준 임자를 만날 것 같다
배밭 지나 선창 가 포장마차엔
곱게 늙은 주모가 간데라 불빛 쓰고
푸지게 썰어주는 파도 소리 한 접시
소주 몇 잔 곁들여 취하고 싶다
삼십여 년 전 서너 번 뵙고 타계한
지금은 기억도 먼 나의 처조부

오이도(吳利道) 옹도 만날 것 같은 오이도
내 마음 자주 뻗는 외진 성지를
오늘도 나는 가지 않는다, 다만
갯벌에는 나문재 갈대꽃 피고 지고
토박이 까치 무당새 누렁이 염소랑
나와 한 하늘 아래 안녕하기를.

성선설

장기 복역하다 칠순 넘겨 출옥한
피부가 청년처럼 잔주름 하나 없이 깨끗한
어느 기이한 노인에게 목사 시인이 물었다
한데 비결은 아주 간단한 〈건포마찰〉
대답은 짧지만 비결은 너무 긴 것이었다

감방에서 몇십 년을 하루도 안 거르고
자고 새면 손끝에서 발끝까지 전신을
마른 수건으로 문질러 닦았다는 것이다
그러니까 노인은 건강비결을 설하려다가
개과천선을 들켜버린 셈이다
목사 시인은 장수비결을 설하려다가
성악설을 흘려버린 셈이다

노인의 유일한 방주는 수건이다
마른 수건 한 장에 여생을 걸고
인간의 탈을 벗고 싶었을 게다
생의 지우개로 과거를 지우고
새 사람이 되고 싶었을 게다
마른 수건 한 장으로 사포질하듯
마음속 때도 오래 문질렀을 것이다

묵은 마늘이나 양파 껍질도
눈물깨나 흘리며 까고 벗겨야
참 매끄럽고 말간 속살이 드러난다
사람의 속내도 그와 같아서
마음 안팎 허물부터 벗겨야 한다
닦을수록 본성이 착하고 예쁜 축생은
사람이라고 설하다 간 사람 누구였더라?

지동설

꿈도 똘똘 뭉치면 힘이 되는가
태극 전사들 강골의 발로 이마로
번개같이 차올린 꿈이 드디어
열강의 철옹성 골네트를 가른다
지축이 울리고 하늘이 경련한다

히딩크의 주먹이 어쩔 줄 몰라
허공을 향하여 어퍼컷을 먹인다
지구의 옆구리가 움푹 패인다
반도의 허리 죄던 질곡과 어혈이 터져
세계를 덮는다, 용암처럼 뜨겁고 붉게
대~한민국 짝짝 짝 짝짝 대~한민국!

지구촌 저쪽에서 지켜보던 우상들
슛 한 방에 가슴 뻥 뚫린 강호들
한동안 허리 꽤나 결리겠다
배알 좀 꼴리겠다

세상의 공은 모두 둥글다
지구도 둥글어 낮과 밤이 바뀌듯
남의 불행은 때로 내 행복을 만든다

꿈을 한데 뭉치면 하늘도 동하신다
그래도 나는 지동설을 믿는다.

매미 소리고(考)

아그배나무 가지 매미가 우니
포플러나무 그늘 매미도 운다
저마다 덥다 덥다 외롭다 운다
감나무 가지 매미가 악쓰면
벚나무 그늘 매미도 악쓴다
그 무슨 열 받을 일이 많은지
낮에도 울고 밤에도 운다
조용히 내 소리나 들어라
매음매음…… 씨이이…… 십팔십팔……
저 데뷔작 한 편이 대표작일까
경으로 읽자니 날라리로 읽히고
노래로 음역하면 상스럽게 들린다
선생(蟬生), 단에서 그만 내려오시죠
듣거나 말거나 믿거나 말거나
저 혼자 심각해서 우는 곡비들
찜통 속 부아만 쩔쩔 끓인다
저토록 제 가슴 다 끓이고 나야
물엿처럼 졸아드는 말복 끝머리
허물 벗고 슬며시 잠적하는 것일까
오늘도 시집을 세 권이나 받았다
나도 짐짓 열 받은 매미가 되어

이열치열…… 한여름 난다.

간

푸성귀는 간할수록 기죽고
생선은 간할수록 뻣뻣해진다
재앙을 만난 생의 몸부림
적멸의 행간은 왜 그리 먼가

여말에 요승이 임금 업고 까불 때
간 잘 맞춘 임박은 승지가 되고
간하던 내 선조 임향은 괘씸죄 쓰고
남포 앞 죽도로 귀양 가 소금이 됐다

세상에 간 맞추며 사는 일
세상에 스스로 간이 되는 일
한 입이 내는 간(奸)과 간(諫) 차이
한 몸속 간(肝)과 간(幹) 사이는 그렇게 먼가

꼴뚜기는 곰삭으면 무너지지만
멸치는 무너져도 뼈는 남는다
꽁치 하나 굽는데도 필요한 소금
과하면 짜고 모자라면 싱거운

간이란 그 이름을 세워주는 독(毒)이다

간이 맞아야 입맛이 도는
입맛이 돌아야 살맛 나는 세상에
그 어려운 소금맛을 늬들이 알어?

김선우
오, 고양이! 외

1970년 강원 강릉 출생.
강원대 국어교육과 졸업.
1996년 《창작과비평》으로 등단.
시집 《내 혀가 입 속에 갇혀 있길 거부한다면》.
2001년 대산문화창작기금 수혜.

오, 고양이!

손가락 끝에서 피 한 방울 받아 현미경에 얹는다 보세요, 당
신의 적혈구들이에요. 몸 밖에서 나를 쏘아보는 내 피 한 방
울, 수백 마리 고양이 눈알을 삼킨 듯 검사실의 모니터가 오
글거리는 눈동자로 발광(發光)한다

    어느 산길에서 갓 낳은 산고양이 두 마리를 보았다
    어린 고양이들 혀를 내밀어
    가을볕 냉큼냉큼 받아먹고 있었는데
    이뻐서 그저 무심히 쓰다듬었던 노랑털
    어린것은 다음 날 죽어 있었다
    어린것의 몸에 밴 사람 냄새에
    어미는 새끼의 숨통을 끊어놓고
    더 깊은 산으로 들어갔을 것이다

한 방울 피가 방주를 밀어올리며 범람하는 모니터 안, 싸늘
하게 식은 어린것의 눈알과 제 새끼의 숨통을 끊어놓을 수
밖에 없었던 어미의 눈알이 나를 노려본다

    어느 깊은 새벽 검은 도둑고양이에게 돌팔매질을 한 적
    있다
    밤마다 쓰레기 더미를 파헤쳐놓는 도둑고양이

산으로 가, 비굴하게 인간의 쓰레기 따위 뒤지지 말고
돌아가 제발, 돌멩이를 던지던 내 맨발이
가로등 불빛에 찔려 피 흘리던 밤
후미진 담벼락을 걷던 달 속에서
눈썹 성근 새끼고양이 밤새 울고

보아라 무엇인가 그리울 때마다 너희가 흘려놓은 저 적의
를. 찢어발겨 놓은 쓰레기 더미 속에서 얼굴을 쳐들고 나를
쏘아보던 이글거리는 눈알, 오 내 피 속의 고양이, 내 안의
그리운 것들이 나를 노려보기 시작한다

오늘도 몇 구의 고양이 시체를 넘어왔다
이 많은 고양이는 다 어디서 오는지
국도에 눌러붙은 수많은 고양이 가죽들 길을 물들이면
서
천천히, 야금야금, 전신을 샅샅이 훑으며 스며들다가
푹신한 살에 싸여 식탁 위에 올려진 내 몸을
날카로운 발톱으로 단번에 찢어놓고 간다
식탁에 떨구어진
내 피 한 방울 속에서 나를 쏘아보는 저 수천의 눈동자
들!

화전(火田)에서 소금을 캐다

강원도 산골 깎아지른 비탈의 화전을 지난다 삼복 무더운 날 소금단지를 열었을 때 훅, 끼쳐오던 소금내음 밭고랑에 물큰하다 고갯길 지나 하늘벽 지나 시골집 뒤울에서 피어오르는 연기 한 자락 짜디짜다 하루 세 번 손가락 끝에 불꽃을 매달고 소신공양하는 낡은 집 굴뚝으로 참매미 울음소리 소금짐을 지고 온다 지상의 며칠을 필사의 노래로 오체투지하는 매미울음 짜디짜다 몸 피할 바람 한 점 없는 불붙은 폭염의 날이라야 소금밭에는 향기로운 소금이 오신다고 하였다 맨무릎으로 땅에 엎드린 집 한 채 속에 오체투지로 웅크린 검은 아궁이, 한 끼 밥도 사랑도 오체투지 없이는 허락되지 않는 화전의 타는 맨발이 짜디짜다

별의 여자들

태양의 흑점이 커지던 날, 바람이 사라졌다

내가 도달한 다른 우주의 문은 찬바람이 걸어간 산길이었다 구불구불 끝없이 이어지는 산길을 걸어 나는 지구 몸속의 다른 별에 들어섰다 내 몸속에 내가 모르는 다른 우주가 자전과 공전을 거듭하는 것이 훤히 들여다보였고 화창하게 갠 날이 저녁 가까이로 찾아왔다 화창한 날 저녁엔 목숨들이 하루살이처럼 가볍게 날고, 수많은 물고기뼈들이 공중을 헤엄치며 아무데서나 사랑을 나누었다

내가 셈할 수 있는 인간의 시간 아득한 저편으로부터 별의 여자들은 내내 이곳에서 살아왔다 잇꽃빛 번지는 노을 속에 여자가 그늘을 묻는다 여자의 푸른 유방에서 죽은 별들이 흘러나왔다 여자가 텅 빈 우주를 자궁 속에서 꺼낸다 지구 표면으로 통하는 모든 문 위에 붉은 부적을 걸고 싶은 날, 내 몸에 묻어 온 독기에 찔려 여자의 손이 자꾸 허공을 짚는다 둥글고 푸른 별의 생장점이 꼬리를 끊고 흘러갔다 나는 속죄의 말을 찾지 못했다

구불구불한 꿈을 한없이 걸어 서늘한 산길이 걸어 나온다

인간의 마을이 저물고 내 몸 깊숙한 곳의 뼈들이 오래전 은하의 수로를 따라 흘러간다 화창하게 갠 날에 가벼워지는 목

숨들, 화창한 저물 녘에 별의 여자들이 자기 몸을 비우고 또
비운다 텅 빈 여자의 중심, 지구 몸속의 또 다른 별에서 지구
가 눈물 한 방울로 뜨거워져간다

오동나무의 웃음소리

　서른 해 넘도록 연인들과 노닐 때마다 내가 조금쯤 부끄러웠던 순간은 오줌 눌 때였는데 문밖까지 소리 들리면 어쩌나 힘 주어 졸졸 개울물 만들거나 성급하게 변기 물을 폭포수로 내리며 일 보던 것인데

　마흔 넘은 여자들과 시골 산보를 하다가 오동나무 아래에서 오줌을 누게 된 것이었다 뜨듯한 흙냄새와 시원한 바람 속에 엉덩이 내놓은 여자들 사이, 나도 편안히 바지를 벗어 내린 것인데

　소리 한번 좋구나! 그중 맏언니가 운을 뗀 것이었다 젊었을 땐 왜 그 소릴 부끄러워했나 몰라, 나이 드니 졸졸 개울물 소리 되려 창피해지더라고 내 오줌 누는 소리 시원타고 좋아라 하는 것이었다

　그러고 보니 딸애들은 누구 오줌발이 더 힘이 좋은지, 더 넓게, 더 따뜻하게 번지는지 그런 놀이는 왜 못하고 자라는지 몰라, 궁금해하며 여자들 깔깔거리는 사이

　문밖까지 땅 끝까지 강물소리 자분자분 번져가고 푸른 잎새 축축 휘늘어지도록 열매 주렁주렁 매단 오동나무가 흐뭇하게

따님들을 굽어보시는 것이었다

흰소가 길게 누워

  제주 우도에 들어간 밤 흰소를 낳는 꿈을 꾸었다 풀밭 위에
치마를 펴고 벌린 내 가랑이 사이로 어린 소가 뭉클, 쏟아졌다
안간힘으로 일어서려는 어린것이 자꾸 쓰러졌다 달빛이 밀반
죽처럼 어린 소의 등을 타고 내렸고 몸속에 붉은 빛을 감춘 어
린 흰소가 댓잎처럼 울었다 서서 견뎌야 할 시간이 너무도 기
니 누워라 흰빛 속의 붉은 어둠아 달빛이 눈도 못 뜨고 여린
몸으로 뒤채였다 어미 소는 물 위를 걸으며 쑥돌 같은 파도를
뜯어 삼키고 있었다 어미 소가 파도를 뜯어 삼킨 자리로 돛배
가 몇 척 지나갔다 사월 제주 밤바다엔 혼령 실은 돛배들 반디
처럼 고와서 울금빛 유채꽃이 뿌리부터 아팠다 간신히 네 발
로 선 어린 흰소가 어미 소의 가랑이에 얼굴을 들이민다 누워
라 서서 견뎌야 할 시간이 너무도 기니, 흰소가 길게 누워 내
옆구리를 핥았다 오래전 나를 낳은 흰소의 되새김질 속에서
따뜻하고 비린 물이 왈칵 토해졌다 어미 소의 흰 배를 베고 눕
는다 내 아랫배를 쓰다듬으며 덜 비린 바닷물이 더 비린 바닷
물에게로 흘러간다

문인수
드라이플라워 외

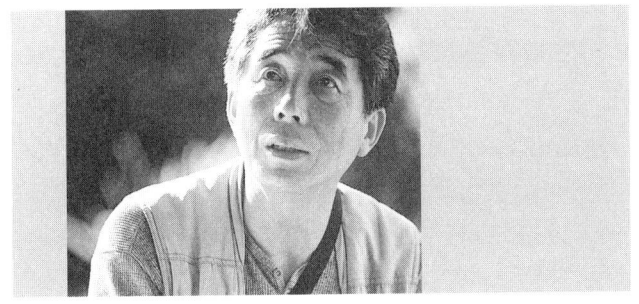

1945년 경북 성주 출생.
동국대 국문과 수료.
1985년 《심상》으로 등단.
시집 《뿔》 《동강의 높은 새》 등.
김달진문학상, 대구문학상 수상.

드라이플라워

마음 옮긴 애인은 빛깔만 남는다.
말린 장미·안개꽃 한 바구니가 전화기 옆에
놓여 있다. 오래,
기별 없다. 너는 이제 내게 젖지 않아서
손 뻗어 건드리면 바스러지는 허물, 먼지 같은 시간들.
가고 없는 향기가 자욱하게 눈앞을 가릴 때
찔린다. 이 뾰족한 가시는
딱딱하게 굳은 독한 상처이거나 먼 길 소실점,
그 끝이어서 문득, 문득 찔린다.
이것이 너 떠난 발자국 소리이다.

철자법

    겨울 포도원의 포도나무 넝쿨들은 줄줄이 팽팽하게 가로질러 놓은 철선을 따라 삐뚤삐뚤 끌려가고 있다.

    그래, 삐뚤삐뚤 삐져 나오는 이 철자법!

    울퉁불퉁 만져지는 것이 거친 계류 같다. 결박당하지 않는 혈행(血行)이 있다. 이걸 붉게 마셨구나 혹한의 한복판에다가 굵게 양각하는, 그렇게 계속 길 뚫는, 오 오매불망오매불망 가는,

    자필의 끔찍한 기록이 있다. 달콤한 사랑,

주산지

허리까지 물에 들어간 왕버들 여러 그루가 다 늙도록, 썩어
자빠지도록 나오지 않고 있다.

눈보라, 비바람의 세월을 뚜벅뚜벅 걸어 여기 당도한 보폭
이겠다.

저 악산 늠름한 전모가 물에 비쳐 온전하지만 가파르다, 사
납다라는 아버지에 대한 기억까지도 물오리 한 마리를 풀어
금세 다 지우시는

어머니, 이승에 홀로 남아 지금 깊으시다.

잘 섞였으므로, 사랑이란 말조차 이 일대의 바닥없는 고요
를 이루는데

금세, 물에 녹아 풀릴 것처럼 한 사내가

카메라를 자동셔터로 맞춰 세운 뒤 애인 속으로 거침없이
걸어 들어가고 있다.

손전등

밤중에, 이 악산 아래
오랜 세월 주저앉고 있는 폐가 한 채를
둘러본다. 손전등 불빛이 더듬는 방 두 칸, 부엌 한 칸,
그리고 거기 널린 잡동사니 부장품(副葬品)들
목장갑뭉테기며 몽당빗자루며 찌그러진 양은냄비 같은 것들이 무슨
자존심이나 수치심이라도 건들린 것인지
깜깜하게 돌아누워 버린다.
나는 메시아처럼 여기저기 비추며 계속 둘러봤으나
그 어떤 행복도 행운도 읽어내지 못하고
억새 소리, 부엉이 소리만 으스스 부려놓고 간다.
어둠 속으로 금세 허물어져 가라앉는 저

남의 집,

뒤집어쓰며 자꾸 뒤돌아보는
슬픔. 슬픔끼리는 모두 일족이겠으나
나는, 내 인생이나 잔뜩 챙겨간다.

반달

지리산 밤하늘에 총총한 별들이 계속 스멀거린다.
저런, 온 데가 근지러운 털거죽을 뒤집어쓴 채 어디
다친 사내는 캄캄하게 엎드려 있는 것이다.
운명에서 번진 푸른 시간이 사방 막막하다.
쟁깃날하고는 달라서 영 까바지지 않지만
아, 반달은 혀다.
골짜기에 몰린 어둠, 어둠 속의 길을 깊이 핥고 있다.
가슴 한복판에 드러나는 아픈 뼈의 저 흰 그늘,
반달곰의 반달은 낙인이며 상처다.
제 등줄기의 산악을 밤새도록 넘어가는 것인데
조릿대, 댓잎 스치는 소리가 요요히 길다.

배용제
화석 외

1963년 전북 정읍 출생.
1997년 《동아일보》 신춘문예로 등단.
시집 《삼류극장에서의 한때》.

화석

뱃속에서 죽은 아이를 그대로 간직한 채
몇십 년을 흘러온 노파가 있다
딱딱하게 굳어버린 자궁 속,
엉성하게 빚은 찰흙처럼 말라붙은 아이
한 톨의 핏자국도 없어 삶도 죽음도 아닌
그냥 형태인 아이

어찌 보면 어떤 원시부족 용사의 장식품 같다
또 사랑하는 남녀가 바위에 새겨놓은 언약의 표식 같고, 혹
은
점술사가 주술을 외우며 빚어놓은 신상(神像) 같기도 하다
수수만년 그 모양 그대로 흘러왔다
해와 달이 뒤집혀 떠오르는 동안 흘러 흘러
그 자리가 고목이 되고 고목은 공룡이 되고 공룡은 다시 사
람이 되어 아이 같은 형태로
노파의 자궁에 놓여 있을 뿐

스스로가 조상이며 후손인 형태,
지상에서 가장 독하고 오래된 영혼들이
한 번도 들어갈 수 없었던 완전한 세계를 이룬 것들,
다시 보면 지구의 물질이 아닌 우주를 떠돌던 별 같다

씨앗을 품지 못한 노파의
빈 자궁 속을 잠시 채워놓았던 아이의 형태,

그러한 형태는 간혹 돌 속을 빠져나와
바람을 향해 간다
허공을 향해 간다, 수수억년을 흘러 흘러.

망가지는 것들의 자리

아픈 허리를 달래며 누운 어둠 속
딱, 딱, 마디 꺾는 소리에 신경이 곤두선다
자세히 들어보니 새로 들여온 서랍장이 자리를 잡느라
뼈마디를 꺾는 소리다
단단하게 못질된 어디 꺾일 마디가 있었는지
연거푸 비명을 지르며 어둠 깊이 제 몸을 내려놓는다

내 몸의 뼈들도 이제서야
몸속 가득한 어둠의 바탕에 자리를 잡는 것이리라
고딕으로 조립된 꿈의 형태가 망가지자
이제서야 겨우 몸은 내게 자리를 내어준 것이리라
간간이 흘러나오는 신음 소리들
그 소리에 귀기울이며 내부에 진열된 것들을 더듬는다
나는 어둠으로부터 모든 걸 익히기 위해
포장된 시간들을 뜯어냈다
그러자 태양은 일기장마다 흠집을 내었다
풍경들이 텅 비어버린 집은 블랙홀처럼 고요했다
울음은 증발했고 녹슨 공기들이 들락거리며 나를 일그러
뜨렸다
어릴 적 밤마다 공동묘지에서 이상한 소리가 들렸다는
뜬소문을 기억해 내며

여기저기 어긋난 뼈마디를 조금 더 어둠의 내부에 내려놓는
다

날마다 서랍장은 젖은 살을 말리며
온 힘을 다해 뼈마디를 꺾는다
서랍이 비틀리고 자세가 기울고 형태가 무너져 내린 만큼
제자리를 잡는다
망가진 가구들은 그만큼 스스로의 내부를 향해 간다.

불면증, 혹은 잠의 사이보그

아무리 기다려도 잠이 오지 않는다
딱딱한 잠의 부스러기만 핏발이 곤두선 두 눈에
대롱대롱 매달려 있다
수많은 짐승들이 머리 속에 우글거린다
잠의 코드에 접속되지 못한 생각들이
시계초침처럼 또박또박 걸어다닌다
이리저리 뒤척일 때마다 구겨진 화면으로 접속된다
간혹 발자국들이 꿈처럼 위장하는 화면 속에서
누더기 차림의 어둠이 펄럭인다
연거푸 뒤로만 클릭되는 생각은
아주 생소한 기록까지 서슴없이 들춰본다
녹지 않는 흔적이 견딜 수 없이 무겁다
이상한 늙은 아이가 몸속으로 들어온다
아이는 점점 작아진다, 눈물이 된다
다시 아이는 수십 억 개의 세포로 나뉘어진다
전송되지 않는 잠들이 코드 밖으로 뛰쳐나온다
뒤엉킨다 몽롱해진다
그사이 수수억년 전의 태양이 불쑥 솟구친다
나는 벌겋게 눈을 뜬 채 잠의 사이보그가 된다
먹고 말하고 걷고 웃는 일들이 자동적으로 작동된다
그러나 구식으로 조립된 나는 자주 순서가 엉키고

텅 빈 마네킹처럼 정지되기도 한다
그때도 이런 날들이었을까?
나는 여전히 문을 여닫고 짐승의 내장을 씹어 삼키고
온갖 사물들을 망가뜨린다
수많은 사람들을 만나 내 생김새를 확인한다
그러나 더러 내게 사람이 아닌 것처럼 보인다는 말을 한다
모든 소리는 잠 속에서 들리는 메아리고
모든 풍경은 잠이 조립한 일회용이다
어쩌면 이것이 내 완전한 잠의 코드인지도 몰라
더 무겁고 딱딱해질수록 몽롱한.

가시고기

가장 완벽한 무덤이 몸속에 있다

무덤을 잉태하느라 오랫동안 짜디짠
눈물 속을 흘러 다녔다
투명한 물의 씨앗, 그 속에 뿌리를 내린다
어린 무덤들이 자라는 동안
아무도 그것들에게 접근할 수 없게
보듬어 안은 채 순식간에 늙어버린다

가시에 박혀 파닥거리던 피와 살을 발라낸 연한 죽음,
가슴을 파내고 심장을 도려내고
골수에 사무친 거친 움직임을 뜯어내
한 점 먹이로 숙성된다
비로소 제 속으로 거슬러 오른다

아아, 내 살과 피 속은 편안하다
이제야 완전하게 느끼는 감촉들이 사랑스럽다
뜨겁고 섬뜩한 핏빛 강,
한 번의 상상만으로 태양의 중심까지 흘러갈 수 있는
살과 피의 풍경은 환각이다
마르지 않는 불의 오아시스다

이미 달콤한 죽음의 맛에 중독된 내 살과 피의 터전,
거기 부처인 아비가 환하게 웃고 있다

새로운 무덤들이 꿈틀거릴 때마다
천년 전 만년 전의 신화가 되어 달려오리라
폐허의 방향을 안내하리라
처음으로 향하는 유일한 통로
아비가 아비의 아비가, 또 그 아비의 아비가
아비 속으로 돌아가 안식하는 곳
피와 살을 삼킨 무덤들은 잘 자란다

그러므로 제 속을 거슬러
회귀(回歸)하는 생은 완벽하다

백미러, 그 눈부신 배경

가벼운 접촉사고로 망가진 차의 왼쪽 백미러가
애를 써도 복원되지 않는다
방향을 상실한 길은 검은 매연을 피하여 멀어지고
정체를 가늠할 수 없는 배경만
백미러 속으로 흡수된다
가로수 꼭대기를 스쳐가는 바람과 몇 점의 구름들
그리고 고딕으로 건설된 허공, 혹은
공중에 정박한 태양의 눈부신 길이 비친다
언제 저 아득한 거리를 지나왔는지
나는 시퍼렇게 두리번거리며 깜깜한 흔적을 더듬는다
오른쪽 백미러를 들여다보면
여전히 나를 향해 몰려오는 무수한 속도의 행렬
허겁지겁 가속페달을 밟는다
그런 사내가 있었다
허풍쟁이라 불리던 그 사내
기억의 백미러 어느 쪽 방향이 어긋났는지
거칠게 닳아버린 몸과는 전혀 다른
이상하게 돌출된 배경을 보여주었다
그가 반사하는 기억은 언제나 눈부셨고
고대 청동조각 같은 전설이 펼쳐졌다
가끔씩 다른 쪽에서 딱딱하고 남루한 장면들이

불쑥 튀어나오기도 했다, 때때로 당황한 표정이
그 눈부신 배경을 가리기도 했지만,
그러나 순식간에 고개를 돌려버리는 그는
무섭게 반짝이며 굳센 걸음의 시동을 걸고 방향을 틀곤 했다
마침내 그곳을 떠나갔지만
그곳의 한 시절도 이미 전설로 진열되었을 것이다
어쩌면 그는 몸속에 저장된 너무 오래된 배경
전부를 찾아낸 것인지 모른다
끝끝내 나를 따라오는 저 허공의 눈부신 길
처음 발화한 아득한 곳으로부터 억겁의 배경이 되어
비치는 것들을 들여다보며 가속페달을 밟는다.

오태환
언해(諺解) 외

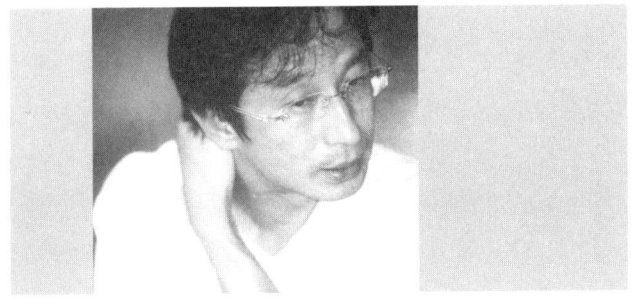

1960년 서울 출생.
고려대 국어교육과 및 동 대학원 국문과 졸업.
1984년 《조선일보》《한국일보》 신춘문예로 등단.
시집 《수화(手話)》《북한산》 등.

언해(諺解)

하늘기슭에다 글씨들을 쓰고 있었습니다 너도밤나무 은행
(銀杏)나무 물푸레나무 떡갈나무서껀 심까지 맑게 갈아 글씨들
을 쓰고 있었습니다 닢, 닢일란 죄다 환하게 발등 밟히며 조난
당하며 더 환하게 길을 내준 하늘기슭 쐐기글씨 같고 매듭글
씨 같은 것들을 마구잡이로 쓰고 있었습니다 하늬하늬 하늬바
람을 따라 해찰하는 나뭇가지들의 그 청명하고 눈부신 비유
(譬喩)들을 내가 눈치 채건 말건, 쌀쌀한 하늘빛도 덩달아 반짝
반짝 가을 개울물처럼 속을 다, 비치며 해찰하며 일렁거렸는
데요

어떤 글씨는 삐끗 갈빗대를 접질리고 어떤 글씨는 아예 운
(韻)도 안 비치고 어떤 글씨는 밝게 이마께부터 오리고 다른 글
씨는 순 햅쌀 빛깔로 서두르고 또 다른 글씨는 투명하게 개털
이나 날리고 있었는데요 수선이나 피우고들 있었는데요

어느덧 구름 언저리부터 금니(金泥)를 두르더니 왼 하늘이
지초당초무늬로 사르고 있습니다 아무래도 감지(柑紙)빛 산그
늘 너머 무슨 병란이 일어났는가 싶었는데, 그런데, 그, 숱한
글씨들도 느닷없이 되게, 저리 화려한 화재(火災)를 겪다니요,
정강이뼈며 울대뼈며 빗장뼈며 할 것 없이 푸슥! 푸슥! 푸슥!
푸슥! 잉걸불 긁히며 으리으리 물수제비뜨며 허천나게 그 화
재를 모조리, 당해 내는 글씨들의 기쁜 다비(茶毘)라니요

대련(對聯)

대련도 그만한 대련이 드물 성싶었습니다 휘경여자고등학교 교무실에서 본관건물을 끼고 가사실 켠으로 더위잡는 비탈길 은행나무 두 그루가 암수 대련으로 제법 치렁치렁하니 씌어져 있었는데요

난 그만 깜짝 놀랐더랬습니다 목덜미며 겨드랑이며 사타구니며 가릴 거 없이 (너무 어려 빙어처럼 화려히 내장이 비치는) 곡옥(曲玉) 같기도 하고 무슨 돼지비계 무늬의 곱돌화살촉 같기도 한 알들을 와글와글 떼로 슬어놓는 게 아니겠습니까 여름내 그 해끗한 허벅지 한 뼘 드러내기는커녕 머리채의 찰랑찰랑 비취빛 독한 향기도 그냥 앙큼스레 여며버린 사연이라니 어디 한번 만지고 쓰다듬고 할 겨를이 있었을라고요

근데 하필이면 찰랑찰랑 비취빛 독한 향기로 죄다 쓸리는 하늘 아래에서 저 지경이 되도록 서두르며 조랑거리며 그 알들이 흐벅질 줄을 몰랐습니다 시치미 떼고 딴청 부리며 마주 서 있는 것만으로도 벼라별 짓 다 하는 햐! 서리서리 그 비릿하고 살가운 교응 그것도 대련으로 치면 수준급이라 하겠습니다

나는 그 암수 은행나무의 필적(筆跡)들을 하릴없이 바라보며, 쌀눈 같은 비점(批點) 하나 날리지 못한 것과 별개로 내가 이적 저지른 글씨인 내 몸도 은근히, 사실은 좀 야하게 누구의 대련쯤 되었으면 참 좋겠다고 생각했습니다

감나무에서 감잎 지는 사정을

감나무에서 감잎 지는 사정을
말해서 무엇하리
하, 몸의 귀 지천으로 창궐터니
귓불마다 진사(辰砂)무늬 철화(鐵華)무늬로
가생이를 두르며 쟁강쟁강 잉걸불 켜더니
참지 못하고
참지 못하고
지네들끼리 저 지경으로 붐비며 지는
사정을 더 말해 무엇하리
아슴아슴 꿈으로나 재우는
내 어린 첫사랑쯤 들키건 말건
검은 가지 곁가지 어름마다
하필이면 제일 깊고 투명한 하늘을 골라
무슨 참 독하기도 한 각운(脚韻)처럼
툭! 툭! 당기며 끊는
지네들 사정이야 말해 무엇하리

별들을 읽다

별들을 읽듯이 그녀를 읽었네
가만가만 점자(點字)를 읽듯이 그녀를 읽었네
그녀의 달걀빛 목덜미며
느린 허리께며
내 손길이 가 닿는 언저리마다
아흐, 소름이 돋듯 별들이 돋아
아흐, 소스라치며 반짝거렸네

별들을 읽듯이 그녀를 읽었네
하얀 살갗 위에 소름처럼 돋는 별들을
점자를 읽어내리듯이
내 손길이 오래 읽어내렸네
그 희미하게 반짝거리는 낱말들의 뜻을
눈치 못 채서 참 슬픈
내 손길이 그녀를 오래 읽어내렸네

그녀를 읽듯이 별들을 읽었네
그녀를 읽듯이 별들을 읽었네
춘천 가는 길 백봉산 마루께에 돋는 별들을
점자를 읽듯이
희미한 연필선으로 반짝거리는 그녀의,

낱말들의 뜻조차 알지 못하면서
서운하게 서운하게

하늘 따히 이리 기벼이 진수(進水)힐 수 있겠구나

    남양주시 금남리와 서종리 사이 어디쯤 올벼 벤 그루터기
상강(霜降) 무렵 아침날빛이 와서 살얼음장 자개쪼가리 긁히듯
바슬바슬 모지라지는 논물 다 망가진 다슬기껍질
    분청사기 당초문의 철화(鐵華)빛 실구름 곁을 살짝 비껴
    약간 먼 데, 해오라기 어슷비슷한
    하얀 새 한 마리
    살빛이 옻칠경대처럼 붉은 조선소나무 우듬지를 휘청 밀치
고 있다

    그 청명한 깊이 속을
    아뿔싸! 하늘 따히 이리 가벼이 진수할 수 있겠구나

이정록
우표 외

1964년 충남 홍성 출생.
공주사대 한문교육과 졸업.
1993년 《동아일보》 신춘문예로 등단.
시집 《벌레의 집은 아늑하다》 《풋사과의 주름살》
《버드나무 껍질에 세들고 싶다》 《제비꽃 여인숙》 등.
김수영문학상, 김달진문학상 수상.

우표

우표의 뒷면은
얼어붙은 호수 같다
가장자리를 따라 얼음 구멍까지 뚫어놓았다

침이라도 바를라치면
뜨건 살갗 잡아당기는 것까지
우표는 쩔걱쩔걱한 얼음판을 닮았다

우표와 마주치면 언제라도
혓바늘 서듯 그대 다시 살아나
지난 몇십 년의 겨울을 건너가고 싶다
꼬리지느러미 좋은 화염의 추억에 초고추장 찍어
아, 그대의 입천장 들여다보고 싶다

편지봉투를 불자, 아뜩하게
얼음 깨지는 소리며 빙어 튀어 오르는 소리 올라온다
불면의 딱따구리가 내 늑골에다 파놓은 구멍들
그 어두운 우체통에 답장을 넣어다오

저 얼음 우표가 봄으로 가듯
나의 경계도 소통을 꿈꾼다

우표의 울타리, 빙어알만 한 구멍들도
반절로 쪼개지며 온전한 한 장의 우표가 된다

우표의 뒷면에 혀를 댄다
입술과 우표가 나누는 아름다운 내통
입맞춤의 떨림이 사금파리처럼 싸하다

그대 얼음장 안에 갇혀 있는 한
성에 가득한 혓바다, 그 끝자리에
언 목젖을 가다듬는 내가 있다

겉봉에만 쓰는 편지

편지를 멀리한다 싶어 편지봉투를 한 꾸러미 사놨건만, 편지는 쓰지 않고 부의(賻儀)봉투로 다 써버렸다. 흰 종이띠만 남았다. 이곳을 빠져나간 봉투는 아무도 본인답장이 없었구나. 그가 남긴 일가(一家)가 인쇄된 영수통지나 보내왔구나

갈수록 부의란 한자가 반듯하게 써진다. 꼿꼿하게 잘 나온다.* 쓰는 김에 몇 장 더 써놓을까? 흠칫 놀랄 때 많아졌다. 편지봉투를 묶고 있던 종이띠에, 수갑처럼 양손을 끼워 넣는다. 손가락도 묶지 못하고 툭 끊어진다. 슬픔이나 설렘 없이 편지봉투를 꺼내는, 내 손에서 시취(屍臭)가 났다

편지봉투가 떨어져서 공무용 흰 봉투에 쓴다. 봉투 가장자리에 남빛 지느러미가 인쇄돼 있다. 망자(亡者)는 지금쯤 어느 먼 바다를 헤엄치고 있을까, 문득 공용봉투가 수족관처럼 느껴진다

죽어
부의로나 한 번
돈봉투를 받는구나
그것도 관용봉투로 받는구나

봉투만 보고도 뜨끔하지나 않을까. 영정 안의 눈초리를 피

해 부조함에 떨군다. 부조함 안에서 물방울 소리가 난다. 어망
에 든 조기 떼처럼, 부조함 속에서 살 비비고 있을 흰 봉투들.
화장(火葬)을 마치고 물속에 들면 비늘 좋은 조기나 될거나.
새벽 세 시, 상주 먼저 지느러미를 접고 바닥에 눕는다

　　지하 영안실이 물 빠진 수족관 같다
　　화투 패처럼 가라앉는 남은 자의 비늘들

* 정진규의 시 〈나의 봉투쓰기〉에서 차용.

여린 나뭇가지로 고기를 굽다

논바닥을 메워
사과나무를 심은 친구에게 놀러 간다
젊은 나이에 작파를 겪은 사과 껍질과
삼겹살을 구워 먹으러 간다

옮겨 심은 지
일 년 만에 가지치기를 하니
마음에 다시 칼날이 서데
철망에 달라붙는 고기를 뒤집는다

오도독뼈 박힌 놈이 맛도 좋은 겨
실패라는 게 삼겹살 같은 거지
흠칫 소주를 들이붓는데, 철망 아래
첫 가지치기로 잘려 나온 여린 가지들
잎눈 꽃눈부터 스러진다

삶의 불길은
싹눈부터 잡아먹으려 하지
우리들 몸엔 웃자란 싹수가 무성치 않은가
가지째 던져주는 거지 뭐

하룻저녁,
과수원도 논도 아닌 곳에
뿌리를 내려보는 잡목 위로
삼삼하게 달은 떠오르는데

저 달은 얼마큼의
가지치기를 겪은 열매인가
저 별들은 얼마나 멀리
달아난 톱밥들인가

맨발

묘지끼리도 껴들기가 있다. 햇살 한 올이라도 바른 곳에 모시려 삽자루며 곡괭이싸움 벌어지는 곳, 일찍 온 할아버지 한 분이 뒤늦게 당도할 식구(食口)들을 위해 헛묘 서넛을 거느리기도 한다.

공동묘지 한쪽에는 일찍이 말뚝을 박고 스물세 그루 복숭아나무를 심은 사람 있다. 하지만 나라 땅임을 알아차린 다섯 기의 도하(桃下) 봉분들. 뽑아낼 테면 뽑아내고 묻으라니까. 어쨌건 예서 따는 복숭아들 여기 무덤 앞에서 죄다 무릎 꿇을 것이여. 그늘 아래 잠든 게 안됐다 싶다가도 복사꽃잎 날리는 신선놀음 아닌가. 막 나온 억새 잎이 여린 손을 흔든다.

공동묘지 안에도 길은 있으나 무덤을 에돌아 둥글게 굽을 따름이다. 억새나, 꽃잎이나, 나비처럼, 맨발이 아니라면 무덤을 타고 넘을 수 없다. 제 몸 위에 참깨를 말리고 고추를 널어놓을 때만 무덤은 이마를 숙여 잘 익은 복숭아, 그 껍질 한가운데처럼 외줄기 곧은길을 내어준다.

한입 크게 베어 물면 복숭아씨를 닮은 목관(木棺)도 보여줄 듯한 저 안착(安着)의 편편한 이마들. 풀뿌리 말고, 무덤이 무덤에게 무엇을 더 건네주겠는가. 애초 생의 지름길이란 없는 것이라. 사방팔방에서 굽이쳐 온 길들이 제 무덤 앞에 무릎을 모았다가 아장아장 묘지의 등에 업힌다. 여기 와서야 푸른 신 발을 신는, 길의 맨발들

나무젓가락의 목덜미는 길고 희다

자장면 빈 그릇에
신문지가 덮여 있다
밀려난 것끼리는 궁합이 잘 맞는다
세상의 무게가 궁금한가
눈발을 치고 온 똥개 한 마리가
신문지 한가운데를 혀로 녹인다
한나절 만에 밖을 내다보는 나무젓가락
빈 그릇이나 신문지 모두
차갑게 식은 찌꺼기뿐임을
겨울바람이 건성으로 들추고 있다
혀를 늘여 면발을 끌어올리는 개
이 순간 개새끼란 욕은 있을 수 없다
신문지 안으로 들어갔던 찬바람이
개의 목젖을 타고 넘는다, 면발 몇 가닥이
곱은 손가락을 녹이리라
애고 추워라 문이 뜯겨나간
짠한 방 한 칸이 눈송이를 받아먹는다
더 이상 갈 데가 없음으로
오로지 내다볼 뿐인 나무젓가락
긴 목을 어루만지며 눈발들이 주춤거린다
신문지에 달라붙은 개털들

나무젓가락의 긴 목덜미에도
부르르 솜털이 인다

장석남

계단 옮기기 외

1965년 인천 출생.
서울예대 문창과 및 인하대 대학원 국문과 졸업.
1987년 《경향신문》 신춘문예로 등단.
시집 《새떼들에게로의 망명》 《지금은 간신히 아무도 그립지 않을 무렵》
《젖은 눈》 《왼쪽 가슴 아래께에 온 통증》 등.
김수영문학상, 현대문학상 수상.

계단 옮기기

1.
계단을 부수어
하늘로도 가던 길이
저녁으로부터도 내려오던 길이 사라진 것이었다
독락(獨樂)의 어느 누각이었다면
안개 짙은 어느 아침녘이
계단도 되었겠지만
우유도 신문도 올라오고 묵은 김장김치 웃모가지를 양파껍
질과 함께 담은 쓰레기봉투도 내려가는,
난간이 요긴한 계단이었으므로
세상의 길은 잠시 사라진 것이었다
계단을 부수고 가설도 안 되어 잠시 길이 없는 동안
오, 우리는 꽃처럼 피어났으니
그 열락(悅樂)을 모시는 법을
세상의 모든 꽃이 고립(孤立)임을
처음으로 배운 것이었다

2.
계단이 있던 자리를 마당에 보태고
시멘트 가루를 내어버리고 철근을 자르고
허공을 업어다 옮긴다

계단은 살구나무 아래서 시작된다
하늘을 깎아서 칸을 만들고
우(右)로 꺾어 현관에 닿는다
허공을 걸어 나가 좌(左)로 꺾어 지상에 닿는다
나는 갑자기 정객이 된 기분이다

3.
옮긴 계단에 서면 나는 가쁜하다
모든 무게를 버린 듯
회고도 미래도 버린 듯, 춤도 버린 듯 가쁜하다
죽음도 숨고
봄도 숨고
이별도 숨고
하룻강아지도 숨는 계단
살구나무 아래로
계단을 옮기고 나는
꿈보다는 정치를
시보다는 산문을
더 잘할 듯이 가벼웁다

4.
계단.
집의 우화(羽化)
날을 수 있다는 듯이
나의 정신까지도 바꾸려든다

살구꽃 피어나면
다시 열락을 모실 수 있겠지
고립을 모실 수 있겠지

빗불이고 삼이고 죽대인
─ 저문 날의 삽화 2

가을 오후
가장 낮은 자리의 은행잎에 빛이 들 때
침 삼키고
반은 빛이고 나머지는 잎인
그 시간을 나도 언젠가
살은 듯도 해
살은 듯도 해

내 살에
안개, 건초, 어떤 여명, 싸리꽃, 설계도, 도토리묵의 그 감촉
같은 것이 닿았을 때
이 지구 저쪽 편에서는
어떤 꼬마가 새가 운다고 또는 꽃이 젖는다고
길이 꼬부라졌다고
철공소에서 쇠가 녹는다고
처음으로 시를 습작하기 시작했을는지 모르지
하여튼 그러하였을 것만 같다
은행잎에 빛이 줄고
줄고 하는 동안
숨어서들 그러하겠지만 가을에
우는 사람이 많은 건 자명한 일

여름보다도 봄보다도 또
가을보다도 더 많아지는 건 자명한 일
빗물이고 잠이고 축대인 겨울까진
많은 별똥들이 떨어진다
별보다도 더 많은 별똥들이
가을보다도 더 많은 가을들이
떨어지듯이

다시 오동(梧桐)꽃

어떤 가지들은 하늘을
얽어놓았다 반(半)달이
질려서 떴다
꽃은 달이 밟아가는 음계(音階)처럼
보라로
보라로
달렸다

납물 같은
납물 같은
납물 같은
저녁이 온다
저녁 바람이 분다
배가 고프다
내 생애보다도 훨씬 오래인 설움 같은 평화다
오동꽃보라가 진다

누가 이 평화를 쓸어낼 수 있을 것인가
이 짓씹은 입술들의 낙화를 쓸어서
저 새로 생긴 달을 키워낼 것인가

달은 한 음계를 더 딛어서
오동나무를 벗어나고
밤이 된다

이 생애는 악기(樂器)가 될 것이다
나는 오동꽃처럼 떨어진다

석류(石榴)나무 곁을 지날 때는

지난 봄에는 석류나무나 한 그루
(그루라는 말! 내릴 만한 것 있으면 나도 내려서 '그루'이고
싶어!)
심어 기르자고, 봄을 이겼다
'내년에나 보리라' 하였던 꽃이 잎사귀 사이를 스며 나오고
는 해서
그 앞에 함부로 앉기 미안하였다
바닥이 모두 낭자한, 그 빛들을 어디 담아둘 수 없는 것이
아깝기도 했음을,
그 욕심이, 내 숨결에도 지장을 좀 주었을라나?

그중 다섯 개가 열매가 되었는데,
열매는 조금씩 길 쪽으로 가시 달린 가지들을 휘어 내리는
게 아닌가
그래 어느 날부터인가 석류나무 곁을 지날 때는
옷깃을 여미지 않으면 안 되게 되었는데
오늘 아침에는 그중 하나가 깨어진 채 매달려 있는 것이었다

······안팎을 다해서 저렇게 깨어진 뒤라야 완성이라는 것이,
위안인,
아침이었다

그 곁을 지나며 옷깃을 여미는 자세였다는 사실은 다행한
일이었으니
  스스로 깨어지는 거룩을 생각해 보는 아침이었다

산에서 우는 작은 새여

감꽃이 나왔다
신문을 접고 감꽃을 본다
참 먼 길을 온 거다
벽에 걸린 달력 옛 그림엔 말 씻는 늙은이 진지하고
살찐 말은 지그시 눈 감았다
어디서 나비라도 한 마리 날아와라
날아와서 말 끌고 가라
성밖 막다른 골목 어귀에 자리 잡고 살지만
번거롭다, 밥이나 먹고 사는 일이야 간단할 것인데
이 눈치 저 눈치 며칠째 이 소시민(小市民)을 얽어맸다
나비라도 한 마리 훨훨훨훨훨 지나가라
내 말 끌고 가라, 아무 말 하고 싶지 않다
사람 소리 드문 산속으로나 들어갈까?
그러나 거기는 세상을 엿본 자나 들어갈 수 있는 곳!
세상을 관통한 자만이 들어가 피빨래를 해서 들꽃으로
들꽃으로 낭자히 널어놓는 곳!
지난해엔 〈산유화〉를 읽으며 잘 살았지
산에 사는 작은 새여,
지금도 꽃 피고 꽃 지는가?
지금도 지금도 꽃 피고 꽃 지는가?

 :: **추천 우수작**

정끝별
자작나무 내 인생 외

1964년 전남 나주 출생.
이화여대 국문과 및 동 대학원 졸업.
1988년 《문학사상》(시), 1994년 《동아일보》 신춘문예(평론)로 등단.
시집 《자작나무 내 인생》 《흰 책》 등.

자작나무 내 인생

속 깊은 기침을 오래하더니
무엇이 터졌을까
명치끝에 누르스름한 멍이 배어 나왔다

길가에 벌(罰)처럼 선 자작나무
저 속에서는 무엇이 터졌길래
저리 흰빛이 배어 나오는 걸까
잎과 꽃 세상 모든 색들 다 버리고
해 달 별 세상 모든 빛들 제 속에 묻어놓고
뼈만 솟은 저 서릿몸
신경줄까지 드러낸 저 헝큰 마음
언 땅에 비껴 깔리는 그림자 소슬히 세워가며
제 멍을 완성해 가는 겨울 자작나무

숯덩이가 된 폐가(肺家) 하나 품고 있다
까치 한 마리 오래오래 맴돌고 있다

봄의 화난에서

아파트 화단에 앉아 꽃씨를 심는다
다섯 살배기 흙손가락에서 피어나는 봄흙의
귓불에선 아직도 말간 배냇새가 난다
, 나도 씨였죠?
, 이 씨도 쑥쑥 자랄 거죠?
한껏 치켜올린 입술이 나팔꽃처럼 둥글게 피어나고
꽃씨를 품은 봄흙을
다독이는 살빛 떡잎이 둘

타클라마칸 고비의 황사를 견디며
지구의 저 저 저 모퉁이를 견디며
씨에서 잎으로 꽃으로 몸 바꾸며
, 나이테처럼
, 쑥쑥 높아지는 키의 눈금들이
, 해님에게 가는 계단이래!
꽃씨를 묻은 플라스틱 화분을 안고
계단을 오르는 위태로운 흙물 엉덩이를 보며
목숨을 피우려는 모든 것들은
저리 온몸으로 뒤뚱이며 오르는 것이구나

바람에 휘청,

넘어진 피와 멍이 너의 꽃이고 잎이었구나
저 계단에서
잠시 붙잡고 선 난간이 너의 뿌리였구나

허공의 나무
– 박수근 풍(風)으로

그 나무에 꽃 없다
피우지 못하고 꺾어버렸다
가슴에 더 할 말 없다고
사랑에게 뻗어가는 어깨 잘라버렸다
마음 다 펼칠 수 없다고
사랑에게 달려가는 발 묻어버렸다
문자 밖에서야 쓰여지게 될 것이라고
터져 나오는 꽃들 삼켜버렸다
그 나무에 숨 없다
뿌리처럼 비틀린
빈 목숨만이 붙어
옆얼굴이 울고 있다

까치집과 까치머리

거기 집이 있었다는 걸
무성한 여름 잎이 떨어진 후에야 알았다
얼음 천공 꼭대기에
수챗구멍에 타래진 머리카락 뭉치처럼
시커먼 몽우리가 옹송그레 주저앉아
저게 무슨 집일까 싶더니
까치 한 마리 파르르 불러들이는 걸 본 후에야
까치집임을 알겠다
살 붙일 공중집임을 알겠다

허공에서 검은 허파처럼 새근거리는
저 집 속에는 무엇이 있을 것인가
파르르 까치를 불러들였던 게 정말 저 집이었던가
섬광처럼 일 획을 그었던 게 까치이기는 했을까
의심하는 동안 내가 파르르
까치집임을 알겠다고 말할 수 있을 것인가
고민하는 동안 까칠한 까치머리에 어둠이 내리고
겨울나무도 까치집도 까치머리도 한 어둠이다

아뿔싸, 내가 어둠을 보고 있단 말인가
머리끝이 까맣게 타고 있단 말인가

춘수(春瘦)

마음에 종일 공테이프 돌아가는 소리

질끈 감은 두 눈썹에 남은

봄이 마른다

허리띠가 남아돈다

몸이 마르는 슬픔이다

사랑이다

길이 더 멀리 보인다

최영철
거미 외

1956년 경남 창녕 출생.
1986년 《한국일보》 신춘문예로 등단.
시집 《아직도 쭈그리고 앉은 사람이 있다》 《가족사진, 생각하는 백성》
《홀로 가는 맹인악사》 《야성은 빛나다》 《일광욕하는 가구》
《개망초가 쥐꼬리망초에게》 등.
백석문학상 수상.

거미

집을 가지면서부터 나는 이 세상의 많은 집들을 잃어버렸다
하늘은 그 집 창으로 보이는 보자기만 한 허공
빗소리는 그 집 지붕을 두드리는 젓가락만 한 콧노래
집으로 가면서부터 나는 집으로 가지 않는 모든 길들을 잃
어버렸다
헛디디지 않고 걷는 일은 헛디디고 걷는 일보다 쉬웠다
바람이나 개울이나 알이나 잎이나 모두 집을 박차고 나와
비로소 온전해진 떠도는 우주
8차선 지나 4차선 지나 2차선 지나 비탈진 골목길
그리고 잠시 후 끊어진 거미줄
나는 그때 내가 쳐놓은 거미줄에 걸려들기 위해
내가 지나온 경로를 박차고 나갔다
비틀 또 비틀
어제 갔던 길을 구부리고 끊으며 나는 가고 있다
머리카락보다 질긴 회로의 비밀번호를 다 털어버리려고
비틀 또 비틀
아무리 발을 헛디뎌도 한 발 떼어놓는 순간
나머지 한 발이 찰싹 외줄을 부여잡고 있는
부여잡으며 죽어가고 있는 나는 세상으로부터 버림받았다
거미가 거미줄에 걸리지 않는 건
거미줄 밖의 세상이 더 이상 저를 걸고 넘어지지 않기 때문

거미줄 안의 세상이 더 이상 저를 내치지 않기 때문
나는 내 집 밖의 세상으로부터 버림받았다 모두
내 더듬이를 떠났다 실낱같은 몇 갈래 선을 즈려밟고
나는 지금 그 길을 거미처럼 가고 있다
거미줄을 타면서 거미줄 밖으로부터 완전히 버림받으면서
거미줄 위에서 소리 없이 죽어가면서
거미가 되어가는 내가 거기 있다

야경

낮 동안 숨기고 있던 시뻘건 눈을 밖으로 매단 불빛들이
지나간다 반짝거리며 한번 신나게 지나갈 때마다
인두로 지지듯이 도시의 가랑이가 주욱주욱 찢어진다
산을 오를 때까지는 없었던 층층의 불빛들이
납작한 벌레처럼 꾸물꾸물 땅에서 기어 나온다 많이 먹어
빵빵해진 배가 요동치며 한바탕 토사곽란을 일으키고
그때마다 바람은 가물거리는 외항 쪽에서 상륙을 시작한다
긴 혀를 날름대며 서치라이트는 다시 돌아오지 않고
방파제 아래로 떨어진다 대신 저 위에서부터
강이 달고 온 지퍼가 열리면서 무수한 건더기들을 쏟아낸다
쉬는 시간인지 등짐 지고 오느라 급하게 휘어진 하현달이
맥을 놓고 멈추어 있다 강에서부터 흘러넘친 퀴퀴한 국물들
이
조심스럽게 움직이며 불빛들을 무등탄다
그 틈에 슬쩍 날아가 앉은 밤의 스모그가
사산한 쇳조각들을 삐거덕 철거덕 갖다 붙이고 있다

손

호주머니에 손을 찔러 넣고 다닐 때가 좋았다
돈이래야 고작 몇천 원, 아니면 몇백 원
그것들을 만지작거리며 만화대본소 앞에도 서보고
구멍가게 앞에도 서보고 삼류극장 앞에도 서보고
호주머니 속이 답답해서
돈은 어서 빠져나가려고 안달이고
나는 어서 내보내지 않으려고 안달이었다
바다에서 우리 집까지 기력을 다해 걸어온 적도 있었다
호떡집 앞을 지나쳤고 한 스무 개쯤의 버스정류소를
그냥 지나쳤다
돈하고 나하고 싸우는 동안 어느새 집 앞이었다
호주머니에 손을 찔러 넣고 다닐 때는
심심하지도 않았다 배고프지도 않았다
돈은 고작 몇천 원, 몇백 원일 때가 더 많았지만
호주머니는 불룩하고 통통하고 내 손은 따스했다
단발머리 여학생에게 말을 걸 때도
건달들하고 시비가 붙었을 때도
호주머니에 손만 찔러 넣고 있으면 만사 오케이였다
요즘 친구들 좀 히줄래기가 된 게
호주머니에 손을 찔러 넣지 않아 그런 건 아닌지 몰라
손을 찔러 넣어야 할 호주머니에 종이돈이 두둑하고

알 수 없는 비밀들이 먼저 들어가 진을 쳐버려
그런 건 아닌지 몰라
호주머니가 다른 걸로 꽉 차는 바람에
오갈 데 없어진 손이 제집을 찾지 못해
저렇게 허적허적 바깥만 맴돌고 있는 건 아닌지 몰라

시인

여름이 채 가기도 전에 매미는
제 외로움을 온 천하에 외치고 다녔네

해 밝으면 곧 날아갈 슬픔을
비는 너무 많은 눈물로 뿌리고 다녔네

아무데나 짖어대는 저 개
사랑이 궁하기로서니
그렇게 마구 꼬리를 흔들 일은 아니었네

그 바람에 새는
가지와 가지 사이를 너무 빨리 지나쳐 왔네

저녁이 오기도 전에 바위는
서둘러 제 몸을 닫아버렸네
입만 꾹 다물고 있었으면 좋았을걸

붙잡던 손길 다 뿌리치고
물은 아래로 저 아래로 한정 없이 흘러가고 있네

천둥의 잘못은 너무 큰 소리로

제 가슴을 두드리며 울부짖은 것이네

시인의 잘못은 제 가난을 밑천으로
너무 많은 노래를 부른 것이네.

폐가

큰방 문설주 위에 걸어놓고 가버린 칼라 가족사진
햇볕에 색 바래 흑백사진 같다
무슨 큰 난리처럼 휩쓸고 간 세파에 밀리다가
이 집 일가족은 외양간 여물통에도 숨고 디딜방아
절구통에도 숨고 뒷간 지푸라기에도 숨고 부엌
불쏘시개로도 숨고 뒤란 우물 수렁에도 숨고
그때마다 요령 소리 나게 달리다 울긋불긋
혈색도 고우시던 얼굴 물 다 날아갔다
붉은색은 육이오에 훨 날아가고 노란색은
오일육에 홀 날아가고 파란색은 오일팔에 활 날아갔다
그을린 흙벽 중간 더러 날짜를 건너뛰며 동그라미 쳐진
새마을달력 동네 경조사 메모 위에서
의원님은 근엄한 치사를 하고 있다 땅속에서
갓 건져올린 미라처럼 눈이 움푹 파인 괘종시계 아래
반쯤 남은 대병 소주 아직 아릿하다 팔순 잔치
저마다 차려입은 알록달록 치마저고리 단물 다 빠져나간
액자 속 까만 눈과 하얀 이빨이 웃고 있다 배꼽마당
수북한 잡초 안으로 빨강 파랑 노랑은 숨고
까맣게 탄 머리칼과 하얗게 센 손가락이 비죽 나와 있다

:: 심사위원 7인의 심사평

김남조 시, 높은 신열에서 돋아나는 꽃들
　　　　—치열함과 따스함을 지니면서 특유의 개성을 가진 작품

김성곤 소월시의 전통과 맥을 이어갈 수 있는 주목할 만한 시인
　　　　—다시 시의 부흥을 가져다줄 새로운 감수성과 역량 갖춰

김재홍 진정성에 기초한 삶의 진실 추구
　　　　—이즈음 부쩍 시적 열정이 돋보이는 풍경 제시

문정희 천부의 호흡과 서정성이 빼어난 시인
　　　　—문인수 시인의 치열성과 언어의 세공력도 돋보여

오세영 친숙한 것 가운데 낯선 것을 보여주는 시
　　　　—오늘 우리 시단에 감동을 주는 한 편의 시

오탁번 넉넉한 서정과 알뜰한 울림을 지닌 시
　　　　—정일근, 문인수, 오태환은 우리 시의 지향점을 압축 제시

조정권 따스함의 곁으로 이끌어들이는 매력이 돋보이는 작품
　　　　—지난 한 해 가장 안정되게 풍작을 거둔 시인

시, 높은 신열에서 돋아나는 꽃들
— 치열함과 따스함을 지니면서 특유의 개성을 가진 작품

김남조(시인)

홍역앓이에서 한 고비를 넘겼다 할 시점에 붉은 반점이 돋아나고 이를 '꽃'이라 지칭하는 통례를 알고 있거니와 전쟁이 세계를 뒤흔드는 이때에도 여전히 작품을 양산하는 시인들의 시는 홍역의 높은 신열에서 분출되는 꽃과 같다는 생각이 든다. 이번 소월시문학상의 후보작꾸러미를 우편으로 받고 수백 편 됨직한 분량을 읽으면서 시는 발열의 징표라는 느낌이 다시금 치솟았다.

본심 작품 중에 좋은 시가 많았고 그중에서 정일근, 문인수, 오태환 씨 등을 특히 주목하게 되었다.

문인수 씨는 이 또한 체질이라 할 치열성과 밀도감을 평가할 만했다. 이 시인은 자아준엄 같은 것을 감지케 하는데 이를 장점으로 취하게 되면서 그러나 1행 내지는 반(半)행의 부연이 아쉬울 때가 있다. 아주 조금만 '헐렁하게'를 취하면 어떨까 싶다. 아무튼 지난해에 이어 올해도 수상자의 다음 자리에 그

기 위치한 시 밑은 그만치 시적의 긴장을 유시한나는 말이 될 듯하다.

오태환 씨의 경우는 한자(漢字) 삽입이 많은데 꼭 필요하다고 판단한 때문으로 여기긴 하나 청각을 통해 시를 접할 경우 등도 고려하여 〈대련(對聯)〉 등의 제목은 좀더 고심해 보라고 권하고 싶다. 그러나 그의 작품은 안으로 꽉 찬 느낌을 주는 견고한 내실성을 엿보이는, 깊이 있고 견실한 시라고 말하겠다.

정일근 씨는 일상 좋은 작품을 써오면서 올해는 질량간에 풍성하여 수상자로 선정됨에 있어 별반 이론(異論)이 없었다.

그의 시는 치열함과 따스함을 지니면서 그 밖에도 특유의 개성을 갖고 있다. 한데 필자의 '잔소리'를 한마디 덧붙인다면 작품의 체중(?)을 10퍼센트 정도 감량했으면 싶다. 압축이 부족하여 완성도에 흠집을 내는 점이 없겠는가를 점검해 주기 바란다.

수상자 및 수상후보자 전원에게 축하를 드린다. 그 이유는 정일근 시인 이외의 시인은 각기 수상 예정자로 인정되기 때문이다.

소월시의 전통과 맥을 이어갈 수 있는
주목할 만한 시인
─ 다시 시의 부흥을 가져다줄 새로운 감수성과 역량 갖춰

김성곤(문학평론가 · 서울대 교수)

요즘 시들을 읽노라면, 왜 지금은 김수영의 〈푸른 하늘을〉이
나 〈어느 날 고궁을 나오면서〉 같은 시들이 없는지, 왜 유치환
의 〈깃발〉이나 〈생명의 서(書)〉 같은 시들이, 또는 박재삼의 〈한
(恨)〉이나 곽재구의 〈사평역에서〉 같은 시들이 나오지 않는지
아쉬운 마음이 들 때가 많다. 정말이지 왜 요즘 우리 시인들은
블레이크의 〈타이거〉나 예이츠의 〈이니스프리의 호반〉, 또는
하우스먼의 〈가장 아름다운 나무〉나 프로스트의 〈가지 못한
길〉 같은 불후의 명시들을 쓰지 못하는 것일까?

　본심에 올라온 작품들 중에서도 너무 쉽게 쓴 것 같은, 그래
서 시적 감흥이나 감동이 일어나지 않는 작품들도 있었고, 운
율이나 리듬의 미와 묘를 살리지 못한 평이한 서술체 시들도
있었다. 미국시인 리처드 윌버(Richard Wilbur)는 "값싼 포도주
에 취해 쓴 시는 인간정신을 구원하지 못한다"라는 유명한 말

올 했는데, 이는 술에 취해 시를 쓰지 말라는 뜻이라기보다는, 시란 진지하고 치열하게 써야 한다는 의미일 것이다. 그런데 쉽게 쓴 시에는 그런 진지함과 치열함이 없다.

본심 대상작 중에서 가장 눈에 띈 것은 장석남과 문인수와 정일근의 작품들이었다. 장석남은 〈옛 친구들〉, 〈석류(石榴)나무 곁을 지날 때는〉 같은 시들에서 일상의 세파에 부대끼며 스스로의 존재 의미를 발견해 나가는 현대인의 깨달음을 능숙한 솜씨로 형상화시키는 데 성공하고 있으며, 문인수의 〈손전등〉은 삶에 대한 시인의 깊은 성찰과 탐색, 그리고 정신적 여로(旅路)를 통해 시적 대상의 본질에 다다르고 싶어하는 시인의 염원과 시적 변용 능력이 잘 드러나 있는 주목할 만한 시들이었다.

가장 돋보였던 것은 정일근의 시였다. 그의 시에는 서정시답게 언어의 울림과 리듬이 있고, 시적 감흥이 있으며, 잔잔한 감동의 물결이 있다. 그러면서도 정일근의 시에는 사물의 본질을 통찰하는 예리한 시각과, 진실과 씨름하는 치열한 문제의식, 그리고 탄탄하고 진지한 주제의식이 도처에 편재해 있다.

그의 시가 대개 길이가 길고 1연으로 되어 있는 경우가 많은 것도 바로 그런 이유 때문일 것이다. 그러므로 그의 시를 읽는 독자들은 시인과 시의 화자(話者)를 따라 자신도 모르는 사이에 시가 탐색하는 사유의 여로(旅路) 속으로 빠져 들어가게 된다.

〈흑백다방〉이나 〈다시, 학동〉 같은 시에서 시인은 뛰어난 솜씨로 삶의 의미와 고뇌의 본질을 천착하고 있으며, 〈즐거운 직업병〉 같은 시에서는 현대사회에서 시인이 느끼는 글쓰기

의 어려움과 정신적 방황을 시를 쓰는 보람과 대비해 잘 형상
화시키고 있다. 또 〈둥근, 어머니의 두레밥상〉이나 〈저 모성
(母性)!〉에서 시인은 비인간화되어 버린 남성적 현대문명을 강
력하게 비판하는 한편, 모든 것을 끌어안는 여성적 원리에서
구원의 가능성을 찾고 있다.

   정일근은 진솔하고 진지하며 치열한 작가정신을 갖춘, 그래
서 소월시의 전통과 맥을 이어갈 수 있는 주목할 만한 시인이
다. 그는 시가 힘을 잃어가는 이 시대에 다시 한 번 시의 부흥
을 가져다줄 새로운 감수성과 역량을 갖고 있는 것처럼 보인
다. 그에게 시인 최고의 영예가 될 수 있는 소월시문학상을 수
여하는 것도 바로 그의 그러한 가능성을 높이 평가하기 때문
이다.

   수상 시인에게 축하를 보내며, 장차 한국시의 수준을 크게
향상시키는 세계적인 시인이 되기를 기원한다. 한국문학의 진
정한 가치는 국제적인 인정을 받을 때 더욱 빛날 것이기 때문
이다.

진정성에 기초한 삶의 진실 추구
— 이즈음 부쩍 시적 열정이 돋보이는 풍경 제시

김재홍(문학평론가·경희대 교수)

본심에 회부된 작품 가운데서 나는 문인수와 정일근, 그리고 오태환을 추천하였다. 특히 그중에서 문인수와 정일근에 비중을 더 두었는데, 그 까닭은 두 분 다 지난 한 해 참으로 의욕적인 활동을 보여주었을 뿐만 아니라 작품 수준에 있어서도 괄목할 만한 진경을 보여준 것으로 판단됐기 때문이다.

여러 심사위원들의 추천과 거듭된 논의 결과 가장 많이 표를 얻은 정일근과 문인수가 집중적인 논의의 대상이 되었다. 정일근의 작품들은 〈저 모성(母性)!〉 등에서 볼 수 있듯이 진정성에 기초한 삶의 진실 추구가, 문인수의 경우에는 독창성의 집중적인 탐구가 각기 특징으로 거론되었다. 전자는 삶의 내용 또는 주제론적 천착에 무게가 실린 데 비해, 후자는 표현성 또는 방법론적 탐구에 비중이 놓여졌다는 뜻이 되겠다.

이 두 가지는 서로 우열의 문제가 아니라 상호보완적인 것이기에 선자들로 하여금 얼마간의 논의를 더 진행하게 하였다. 그 과정에서 나는 정일근 쪽으로 기울었다.

그 까닭은 이 상의 명칭과 제정취지인 소월의 시 정신 쪽에 정일근의 삶의 진정성에 기초한 시관이 더 가까운 것으로 여겨졌기 때문이다. 정일근의 시는 시적 주제가 진지한 만큼 표현성에 있어서도 비교적 안정된 것이 장점으로 논의되었다. 문인수의 작품들이 지닌 새로움의 정신은 다소의 난해성을 수반하는 것이어서 소월상과는 다소 거리가 있어 보였던 것도 그 한 이유이다.

정일근의 시편들은 비교적 일관되게 삶의 문제 또는 어떻게 사는 것이 의미 있고 바람직한 것인가에 대한 진지한 탐색을 보여주어 관심을 환기하였다. 그러다 보니 다소 참신성이 떨어지는 측면도 있는 것이 사실이었다. 그럼에도 불구하고 전체적인 작품의 포괄성과 주제의 진정성이 일관되게 흐르고 있으며, 특히 이즈음 부쩍 시적 열정이 돋보이는 풍경을 제시하고 있다는 점이 높이 평가된 것이라 하겠다.

특별상 임영조의 경우에는 근년에 들어 더욱 완숙된 시 정신과 방법, 그리고 열정이 높게 평가됐음을 부기해 둔다.

전부의 호흡과 서정성이 빼어난 시인
─ 문인수 시인의 치열성과 언어의 세공력도 돋보여

문정희(시인)

전쟁터로부터 들려오는 급박한 뉴스 속에서 '소월시문학상'을 뽑는 마음은 착잡했다. 뭉클한 시의 힘이 이 슬프고 우울한 시대를 감동으로 적시어줄 것을 기대했다.

신선한 언어의 처녀림은 어디에 있을까.

본심에 오른 시편들을 정독하면서 새로 떠오르는 눈부신 별을 바라보듯 그렇게 가슴을 두근거려 보고 싶었다.

전반적으로 언어의 밀도와 시적 긴장은 유지하고 있었으나 어딘가 너무 낯익고 편안했다. 시를 만들되, 만든 자국이 보이지 말아야 하는데, 만들고 꿰맨 흔적을 감추지 못했다.

최근에 부쩍 늘어난 시 잡지들의 양산과도 무관하지 않은 듯하지만 대체로 시 세계의 빈곤 속에서 사변적인 표현의 중복을 피하지 못하고 있었다. 발표의 기회가 오더라도 때로는 시가 더 익도록 기다려보는 것도 중요하겠구나 하는 생각을 했다.

모두가 일정 수준을 유지하고 있었지만 그중에서도 문인수,

정일근 시인의 시를 주목했다.

문인수 시인은 주제를 향한 치열성과 언어의 세공력이 단연 돋보였고, 정일근 시인은 천부의 호흡과 서정성이 빼어났다.

최영철, 이정록, 장석남, 오태환, 정끝별, 배용제 시인은 끝내 상투에 매몰되지 않고, 사물과 새롭게 대결하는 솜씨가 눈에 띄는 생기 있는 시인들이었다. 김선우는 소재의 한계에도 불구하고 시를 기술하는 기교가 만만치 않았다.

유목민은 길을 떠날 때 가죽허리띠 하나를 가지고 떠난다고 한다. 먼 길을 가다가 허기나 외로움이 오면 단호히 그것을 졸라매기 위해서이다.

허기를 아무 음식이나 구걸해서 때우지 않고, 외로움을 쉽게 장터에서 해결하지 않고 굳게 졸라매는 유목민의 이야기는 참으로 상징적이다.

정일근 시인의 수상을 진심으로 축하드리며, 대상 수상 시인과, 추천 우수작상 수상 시인 모두에게 내 마음의 가죽허리띠를 선물로 드린다.

친숙한 것 가운데 낯선 것을 보여주는 시
— 오늘 우리 시단에 감동을 주는 한 편의 시

오세영(시인·서울대 교수)

문득 시는 우리에게 무엇인가를 생각해 본다. 하나의 넋두리
인가. 한풀이인가. 정신의 한 패션인가. 공예품인가. 하나의
사물인가. 문득 다시 생각해 본다. 시가 우리에게 주는 것은
무엇인가. 재미인가. 감동인가. 자극인가. 엽기인가. 이 삭막
한 시대에, 이 기계화된 시대에, 이 고달프고 권태로운 일상에
아마도 재미가 필요할지 모른다. 신선한 자극이나 반짝 놀래
키는 엽기도 필요할지 모른다.

　그러나 신이 이 세상을 한풀이로 만든 것은 아니었을 것이
다. 넋두리로 만들지는 않았을 것이다. 당신의 생활에 필요한
가구나 당신을 치장할 유행으로 만들지는 않았을 것이다. 더
군다나 당신이 창조하신 이 세계를 보고 재미있어하거나 경악
하지는 않았을 것이다. 그 대신 신은 아마도 스스로 감동하셨
을지는 모른다.

　그러므로 성서에서도 천지창조 6일 만에 신은 마지막으로

인간을 만드시고 "심히 즐거워하셨다"고 기록하지 않았던가. 어떤 것에 대한 재미도 즐거움을 가져다줄 수는 있다. 그러나 그것은 '심히' 즐거운 것을 가져다주지는 않는다.

문득 '시'라는 말의 그리스 어원을 생각해 본다. '제작' 혹은 '창조', 그래서 시인을 인간과 신의 중간자라고 말하지 않던 가. 요즘 우리 시대의 시들은 너무나 '재미'에 '엽기'에 '자극'에 총체적으로 빠져 있는 것 같다. 우리 시대의 시는 '이렇게 써야 한다'는 틀을 전제하고 쓰는 것 같다. '다른 사람들이 이 렇게 쓰니까 나도 이렇게 써야 한다'는 사고에서 벗어나지 못 하는 것 같다. 그 어느 때보다도 시의 본령, 시의 위의, 시의 보편이 아쉬운 오늘의 시단이 아닌가 한다.

사자에게 잡아먹힐 사막의 외로운 늑대일지는 모르나 나는 오늘의 우리 시단에 한 편의 감동을 주는 시를 읽고 싶다. 가 장 보편적인 것 가운데 자신의 개성을 드러내는, 친숙한 것 가 운데 낯선 것을 보여주는 그러한 시 말이다. 다른 많은 좋은 시들이 있음에도 불구하고 그중 정일근의 시를 추천한 이유가 여기에 있다. 그의 시가 다른 후보들의 시에 비해서 그러한 성 격이 보다 강하게 드러났기 때문이다.

만장일치로 결정된 것이지만 마지막까지 논의된 시인은 문 인수였다. 그의 절제된 언어, 함축미, 시적 긴장 등은 그의 좋 은 미덕이라고 생각된다. 그러나 작위적인 상상력, 불필요한 애매성 등이 다소 눈에 거슬렸다.

넉넉한 서정과 알뜰한 울림을 지닌 시
— 정일근, 문인수, 오태환은 우리 시의 지향점을 압축 제시

오탁번(시인·고려대 교수)

정일근의 작품이 지니고 있는 넉넉한 서정과 우리 문학 특유의 율조가 지닌 알뜰한 울림에 매료되었다. 또 문인수와 오태환의 작품도 매우 좋았다. 이들의 작품이 지닌 미덕은 그대로 우리 현대시의 한 지향점을 압축하여 보여주는 것으로 판단되었다.

시가 단순한 현실의 솔직한 반영이거나 또 지나치게 개성적인 감정의 모호한 진술이 된다면 시는 마침내 시의 본성을 망각하고 그저 하나의 짧은 글 형식에서 벗어나지 못한다. 그렇게 되면 감동이 없고 언어의 풀 수 없는 미로에 머물고 만다. 시의 본성이란 무엇일까. 그것은 아무도 모른다. 조금 안다고 쳐도 말로는 할 수 없는 신화적 차원으로밖에는 풀 수 없는 불가지적인 것이다. 그것은 차라리 시인의 운명과 관련되는 영원한 비밀이라고 할 수밖에 없다.

정일근의 시는 아주 잘 읽힌다. 그만큼 소월이 우리 시문학

사에 남긴 보편적 정서로 이룩한 현대시의 너비로서의 시적 영역과 잘 맞닿아 있다. 낯익은 듯한 그의 정서가 시적 상징으로 승화되어 독특한 개성과 치열성이 서로 조화될 때 그의 시가 도달하는 미덕은 더욱 빛을 발한다.

따스함의 곁으로 이끌어들이는
매력이 돋보이는 작품
— 지난 한 해 가장 안정되게 풍작을 거둔 시인

조정권(시인)

금년도는 여느 해보다도 본심 진출 시인이 많았던 것 같다. 특히 젊은 시인들이 대거 눈에 띄었다. 소월시문학상이 당해년도 가장 뛰어난 시를 발표한 시인에게 영예가 돌아가는 상이니만큼 아홉 명의 시인 중에서 한 명을 고른다는 것은 난제 중의 난제였다.

누구에게나 좋은 작품은 한두 편씩 있기 마련이다. 나는 김선우의 〈오, 고양이!〉, 최영철의 〈거미〉, 〈손〉, 배용제의 〈화석〉 같은 시도 주목했다. 장석남, 문인수, 정끝별, 정일근의 시에도 주목했다.

심사는 어쩔 수 없이 심사자의 시적 취향이 어느 정도 작용하기 마련이다. 이정록 시인은 그 재능을 아끼려는 듯 이번에는 좀 쉬어가는 느낌이 들었다. 본심에 임하면서 솔직히 나는 이 작품이야말로 금년도 "소월시문학상감이다"라고 자신 있게 천거할 수 있겠는가 반문하지 않을 수 없었다.

문인수의 〈손전등〉, 〈철자법〉 등은 문인수다운 특질이 고스란히 드러나는 작품이다. 심사 때마다 예외 없이 거론되는 그의 시에, 그의 어법에, 이견이 있다 해도 나는 그의 시의 단조로움을 때로는 촌철살인의 간결성으로 좋게 본다. 그의 시는 등단 후 지금까지 견기불보(見機不步)하다. 그 뚝심 있는 시, 욕심내지 않고 자신의 체질에 충실하려는 시인의 어법을 나는 좋게 보았다.

정끝별은 시집 《흰책》 이후 진일보한 진경을 보여준다. 〈춘수(春瘦)〉, 〈허공의 나무〉, 〈자작나무 내 인생〉, 〈봄의 화단에서〉 등의 시에서 보듯 정끝별은 이제 자기 시에 대한 맛을 내고 있다. 말의 몽우리에 연하게 배어 있는 의미의 빛깔, 그 옹찬 말 몽우리를 보여주는 나무, 말맛을 보여주는 이 능란한 솜씨는 〈허공의 나무〉에서 우리 서정시의 한 전형을 보여준다. 토씨 하나 보탤 것도 뺄 것도 없는 아까운 작품이었다.

이미 장석남식의 화법을 갖기 시작한 장석남이 둘러쳐 놓고 능청 부리는 말의 울타리도 매혹적이다. 나는 사실 시인의 재능을 이런 데서 찾는다. 〈산에서 우는 작은 새여〉에서는 그 능청스러움이 전혀 거북스럽지 않다. 정일근은 작년 한 해 가장 안정되게 풍작을 거둔 시인이다. 나는 그의 은현리 시편들에 후한 점수를 주고 싶다. 〈저 모성(母性)!〉도 좋은 작품이다. 정일근의 시는 따스함의 곁으로 이끌어들이는 매력이 있다. 결국 문인수와 정일근 두 시인이 마지막 경선을 벌였지만 누구에게 영예의 대상이 돌아가는가를 결정할 때는 대세에 기울게 마련이다. 정일근 시인에게 축하를 보낸다.

제18회 소월시문학상 작품집

초판 1쇄_ 2003년 5월 30일
초판 2쇄_ 2003년 12월 25일

지은이_ 정일근 외
펴낸이_ 전성은
펴낸곳_ (주)문학사상사
주소_ 서울특별시 송파구 오금동 91번지(138-858)
등록_ 1973년 3월 21일 제1-137호

편집부_ 3401-8543~4
영업부_ 3401-8540~2
팩시밀리_ 3401-8741~2
홈페이지_ www.munsa.co.kr
E메일_ munsa@munsa.co.kr
지로구좌_ 3006111

ISBN 89-7012-494-2 03810